Titolo originale: Fox in plain Sight

© 2024 Tina Folsom

Edizione a caratteri grandi

Revisionato da kikiM

Illustrazione di copertina: Leah Kaye Suttle

Altri libri di Tina

Vampiri Scanguards

Desiderio Mortale (Storia breve #½)

La Graziosa Mortale di Samson (#1)

L'Indomita di Amaury (#2)

L'Anima Gemella di Gabriel (#3)

Il Rifugio di Yvette (#4)

La Salvezza di Zane (#5)

L'Amore Infinito di Quinn (#6)

La Fame di Oliver (#7)

La Scelta di Thomas (#8)

Morso Silenzioso (#8 ½)

L'Identità di Cain (#9)

Il Ritorno di Luther (#10)

La Missione di Blake (#11)

Riunione Fatidica (#11 ½)

Il Desiderio di John (#12)

La Tempesta di Ryder (#13)

La Conquista di Damian (#14)

La Sfida di Grayson (#15)

L'Amore Proibito di Isabelle (#16)

La Passione di Cooper (#17)

Il Coraggio di Vanessa (#18)

Guardiani Furtivi

Amante Smascherato (#1)

Maestro Liberato (#2)

Guerriero Svelato (#3)

Guardiano Ribelle (#4)

Immortale Disfatto (#5)

Protettore Ineguagliato (#6)

Demone Scatenato (#7)

Vampiri di Venezia

Vampiri di Venezia – Novella Uno (#1)

Tresca Finale (#2)

Tesoro Peccaminoso (#3)

Pericolo Sensuale (#4)

Fuori dall'Olimpo

Un Tocco Greco (#1)

Un Profumo Greco (#2)

Un Sapore Greco (#3)

Un Silenzio Greco (#4)

Il Club di Scapoli

L'Escort Legittima (#1)

L'Amante Legittima (#2)

La Moglie Legittima (#3)

Una Notte di Follia (#4)

Un Lungo Abbraccio (#5)

Un Tocco Ardente (#6)

Nome in Codice Stargate

Ace in Fuga (#1)

Fox allo Scoperto (#2)

Yankee al Vento (#3)

Tiger in Agguato (#4)

Hawk a Caccia (#5)

Time Quest

Ribaltare il Destino (#1)

L'Araldo del Destino (#2)

Thriller

Testimone Oculare

Fox allo Scoperto
Nome in Codice Stargate
Libro 1

Tina Folsom

1

«Beccato!»

Nick Young alzò il pugno in aria ed emise un ringhio trionfale, continuando a fissare lo schermo del computer. Un punto rosso lampeggiava su una mappa di Washington D.C. Accanto, balenava un indirizzo IP.

«Bastardo! Pensavi davvero di potermi battere? Sembra che io sia più intelligente di te, dopotutto».

Il tizio aveva commesso un piccolo errore, che fosse per stupidità o per pigrizia, Nick non lo sapeva, e nemmeno gli importava. Ciò che contava era che adesso Nick sapeva dove trovarlo.

Sentì un sorriso genuino incurvarsi sulle sue labbra, il primo dopo tanto tempo. Da oltre un mese stava giocando al gatto e al topo con un avversario online che cercava di tenerlo lontano dai server che contenevano dati cruciali che Nick stava cercando da quando il programma segreto della CIA di cui faceva parte era stato compromesso, tre anni prima.

Nick memorizzò l'indirizzo che il punto indicava e si disconnesse. Chiuse il portatile e lo mise nello zaino. Poi tirò fuori dal cassetto una vecchia tastiera, la collegò al PC vecchio come un dinosauro che teneva come esca e gli collegò un mouse.

Se qualcuno l'avesse trovato e avesse cercato di risalire a ciò che stava facendo, i file che aveva inserito nel disco rigido del vecchio desktop, che aveva comprato di seconda mano, avrebbero condotto qualsiasi inseguitore su una falsa pista. Con un po' di fortuna, nessuno avrebbe cercato un secondo computer e lui sarebbe sparito già da un pezzo, prima che lo seguissero e potessero ucciderlo, come avevano fatto con Henry Sheppard, il suo mentore e leader del programma Stargate.

Lo stesso destino attendeva lui e i suoi colleghi agenti della CIA, selezionati non per le loro abilità fisiche, ma per le loro uniche capacità mentali. Tutti gli agenti Stargate, compreso Henry Sheppard, possedevano il dono della premonizione. Tre anni prima, qualcuno aveva deciso che gli agenti Stargate rappresentavano un pericolo e aveva ucciso il leader del programma.

Quando Nick aveva ricevuto la chiamata mentale di Sheppard, il suo mondo era crollato.

«Stargate disattivato».

Sentiva ancora l'allarme riecheggiare nella sua mente. Si era lasciato tutto alle spalle e si era nascosto. Ma il bisogno di sapere cosa fosse successo a Sheppard e agli altri agenti lo aveva spinto a tornare a Washington D.C. Nella tana del leone.

«Tieni gli amici vicini e i nemici più vicini», mormorava Nick a sé stesso. Era diventato il suo mantra, dopo la morte di Sheppard.

Era stato facile creare una nuova identità. Le sue abilità di hacker si erano rivelate preziose. La sua nuova identità era ordinaria. Nessuna famiglia, nessuna abilità speciale, un profilo basso. Si manteneva creando siti web per piccole aziende in tutto il mondo.

Viveva in un appartamento in una casa fatiscente che il proprietario assente gli affittava in contanti per non dover pagare le tasse sui proventi. Ogni mese, Nick depositava i soldi in una cassetta della posta. Gli andava bene. Non era esattamente entusiasta del governo, in questo momento.

Aveva servito il suo paese come agente della CIA per molti anni e loro non erano riusciti a proteggere lui e i suoi colleghi. Ora era da solo, responsabile della sua vita e in cerca di vendetta. Un giorno, si sarebbe assicurato che gli uomini che avevano ucciso Sheppard pagassero per quello che avevano fatto.

E la persona all'altro capo dell'indirizzo IP che aveva rintracciato lo avrebbe aiutato a trovare il responsabile. Che lo volesse o meno.

Nick conosceva molti modi per persuadere un'altra persona a fare quello che voleva lui. Il suo giocattolo preferito per ottenere questa collaborazione era la sua Glock. La sua pistola. Il freddo metallo non mancava mai di convincere l'interlocutore che la lealtà era sopravvalutata e che la vita era una cosa fugace.

A prima vista, le persone pensavano sempre che Nick fosse un semplice smanettone di computer e che non fosse da temere. Forse il suo aspetto da ragazzo della porta accanto e il suo atteggiamento tranquillo erano responsabili di questa errata percezione. Ma le persone che si preoccupavano di dargli un'occhiata più approfondita scoprivano quello che era in realtà: un uomo che sapeva come gestire sé stesso e le armi a sua disposizione. Sheppard se ne era assicurato. Tutti gli uomini che aveva selezionato per il suo programma Stargate dovevano sottoporsi a un rigoroso addestramento presso la Fattoria, proprio come tutti gli altri agenti della CIA, anche se non era necessario, per il loro lavoro finale. Ma forse Sheppard aveva sempre saputo che un giorno i suoi protetti avrebbero dovuto fare affidamento proprio su quelle abilità per sopravvivere.

Nick ispezionò la pistola, estrasse il caricatore e si assicurò che fosse completamente pieno, prima di reinserirlo. Poi la mise nello scomparto segreto e imbottito del suo zaino. Sollevando il piede sulla sedia, tirò su una gamba dei pantaloni e infilò un coltello nella tasca nascosta dello stivale. A volte, un piccolo coltello era tutto ciò che gli serviva per trovare un accordo con un avversario. Era meno appariscente di una pistola e molto meno rumoroso, se avesse dovuto usarlo.

Non c'era molto altro da fare. Nick lasciò che il suo sguardo vagasse per la stanza. Il cestino della carta straccia era vuoto. La poca posta che riceveva consisteva in promozioni indirizzate ai residenti *effettivi*. La posta relativa al suo lavoro sui siti web veniva inviata a una casella postale, mentre quella relativa ai conti bancari gli veniva inviata in formato elettronico. Solo le bollette arrivavano a casa, e quelle venivano pagate immediatamente e poi stracciate. A tutti gli effetti, Nick Young non esisteva. Ma Fox, la Volpe, c'era ancora. Era stato il suo nome in codice durante il programma Stargate. E i pochi altri membri dello Stargate che aveva incontrato, dato che Sheppard aveva sempre insistito per tenerli separati il più possibile, lo conoscevano solo con quel nome.

Era stato orgoglioso, quando il suo mentore gli aveva dato quel nome. Dimostrava che Sheppard lo capiva. Perché Nick *era* come una volpe, astuto e intelligente. E ora avrebbe avuto bisogno di queste abilità per scovare il genio del computer che lo stava combattendo online. Ora Fox avrebbe portato la lotta davanti alla sua porta e avrebbe alzato la posta in gioco.

Lo spettacolo poteva cominciare.

2

Un garage? Sul serio? Quanto poteva diventare come *Gola Profonda,* questo tizio?

Michelle Andrews, rabbrividì, nonostante il caldo soffocante di Washington. La sua canottiera e la sua gonna corta erano andate bene nella caffetteria dove aveva trascorso la mattinata, ma le pareti massicce, i pavimenti e i soffitti in cemento del buio garage sotterraneo mantenevano l'aria sorprendentemente fredda.

Non si aspettava questo incontro. Quando aveva ricevuto il messaggio sul suo cellulare usa e getta, era andata nel panico. Per questo motivo aveva rovesciato il caffè sul tavolo e si era precipitata dal barista per chiedere uno straccio per pulire. Purtroppo, quei pochi secondi di disattenzione l'avevano portata a disconnettersi molto più tardi del previsto dalla traccia online che stava seguendo.

Ripensò all'incidente ancora una volta. C'era la possibilità che l'hacker che aveva cercato di bloccare fosse riuscito a fregarla? Michelle scosse la testa. No. Nessuno era migliore di lei. Dal momento che lei non era riuscita a prenderlo, nemmeno lui avrebbe avuto il tempo sufficiente per beccarla. Aveva preso ampie precauzioni per rimanere nascosta. Tuttavia, con tutto quello che era successo nella sua vita, ultimamente, era nervosa e aveva iniziato a dubitare di sé stessa e delle sue stesse capacità.

Con nervosismo, rigirò il ciondolo tra le dita, una vecchia abitudine che non era riuscita a togliersi. Il piccolo ricordo di quando era membro di Anonymous, la cooperativa mondiale di hacker, le dava sempre forza e le ricordava soprattutto cosa l'avesse portata in questo casino.

Nonostante tutto, sarebbe riuscita a superare questa situazione, a prescindere da ciò che questo losco personaggio *Gola Profonda,* che aveva richiesto l'incontro, le avrebbe detto. Non sapeva se fosse dell'FBI, della CIA o dell'NSA, la Sicurezza Nazionale. E non aveva nemmeno molta importanza. Ognuna di queste agenzie governative aveva poteri sufficienti per rinchiuderla per il resto della sua vita, se non avesse eseguito i loro ordini. Loro avevano il coltello dalla parte del manico. Lei no. Era diventata una pedina in qualsiasi gioco stessero giocando e avrebbe dovuto stare al gioco finché non avesse trovato una via d'uscita.

Quando sentì dei passi risuonare contro le nude pareti di cemento, fece un movimento per girarsi.

«Conosce la procedura», disse il suo contatto.

Michelle si bloccò, voltandosi verso di lui. «Signor Smith». Non era il suo vero nome. Quando l'aveva contattata per la prima volta e lei gli aveva chiesto chi fosse, lui aveva fatto una lunga pausa prima di dire: «Che ne dice di Smith? Le sembra un buon nome?»

Non l'aveva mai visto in faccia, ma dall'accento e dal suo modo di parlare, aveva dedotto che fosse istruito e di mezza età. La sua voce era nasale e le faceva immaginare un uomo basso, calvo, con la pancia da birra e la pelle pallida. Certo, poteva sbagliarsi completamente, ma non piaceva a tutti immaginare i propri nemici come brutti e poco attraenti?

«Sono molto deluso da lei, signorina Andrews».

Istintivamente, lei tirò su le spalle, sentendosi irrigidire.

«Ha avuto un mese di tempo e cos'ha da mostrare? Niente. I miei datori di lavoro non sono molto contenti di lei». Sospirò. «E nemmeno io».

Lei contemplò le sue parole e scelse le sue con cura. «Ho fatto quello che mi ha chiesto». *Chiesto* non era esattamente corretto. *Costretta a fare* erano parole più appropriate.

«Davvero, signorina Andrews? Ho la

sensazione che non abbia ancora dato il massimo. O devo ricordarle cosa succederà, se non si adeguerà?».

Non aveva certo bisogno di un promemoria. «Signor Smith, ho usato le mie capacità...»

«Quando l'abbiamo catturata», la interruppe, con la sua voce tagliente e fredda, «le sue abilità sembravano molto più raffinate. Trovo strano che non riesca a rintracciare un hacker, quando lei stessa è stati immersa in quella comunità per così tanto tempo».

«Sarebbe utile se sapessi cosa sta cercando questo tizio, così non dovrei continuare a perdere tempo con hacker che non vi interessano».

Un basso ringhio provenne da dietro di lei e si rese conto che lui si era avvicinato senza che lei se ne accorgesse. Un brivido freddo le corse lungo la schiena e le fece gelare il sangue nelle vene.

«Sa già troppo, signorina Andrews». Inspirò. «È pericoloso sapere troppo. Non ha imparato nulla?»

Rabbrividì, i palmi delle sue mani si imperlarono di sudore.

«Era una ragazza molto cattiva. Se lo ricorda?»

Michelle non rispose, sapendo che lui non si aspettava che lo facesse.

«Entrare nei server in cui non aveva alcun diritto di entrare. E i suoi amici di Anonymous non hanno potuto aiutarla, vero? Perché ora che l'abbiamo presa, nessuno può aiutarla. Ora lavorerà per noi o finirà in prigione. Sarebbe un peccato. Una bella ragazza come lei. Sa cosa fanno con una come lei, in prigione?»

Non voleva saperlo. «Sto facendo quello che mi ha chiesto di fare».

«Faccia più in fretta. Sto diventando impaziente. Quanto può essere difficile trovare un hacker che sta cercando di entrare nei nostri server? Lei è o non è la migliore? O era una bugia?»

«Sono la migliore», insistette Michelle, non perché fosse arrogante, ma perché ammettere di non esserlo l'avrebbe sicuramente fatta uccidere.

«Bene, allora me lo dimostri. Mi dia qualcosa su cui possa lavorare. Vuole mantenere la sua libertà, vero?»

Lei annuì automaticamente.

«L'hacker in cambio della sua libertà. Sa che non sto bluffando. Mi dica che ha capito».

«Ho capito».

«Bene, allora ecco cosa deve fare: trovarlo, ma non spaventarlo. Se scoprisse che lei lo sta cercando, se ne andrà. Ha capito? Ha dieci giorni di tempo. Se non riesce a consegnarlo entro quella data, il nostro accordo salta e lei sarà perseguita. Non come americana, ma come terrorista. Avrebbe dovuto pensare due volte a quello in cui si stava cacciando, quando è entrata nei server del Dipartimento della Difesa. Ha commesso un atto di terrorismo». Schioccò la lingua. «Davvero spregevole».

«Non ho mai...»

La mano di lui sulla sua spalla le fece ingoiare le parole. L'impulso di voltarsi per guardare in faccia il suo aguzzino era forte, ma lo soppresse, sapendo che si sarebbe guadagnata una pallottola in testa.

«Non ci sono più scuse».

Il cuore le batteva forte e le pulsazioni le rimbombavano nelle orecchie. La rabbia le fece stringere i denti. Non era una terrorista, tutt'altro. Lei e i suoi compagni di Anonymous avevano cercato di scoprire documenti sul coinvolgimento degli Stati Uniti nell'ultimo conflitto in Medio Oriente e sulle vere ragioni del loro sostegno a un regime che torturava i propri cittadini. Voleva che il pubblico americano sapesse la verità. Non era terrorismo. Era libertà di parola. Non aveva fatto del male a nessuno, entrando nei server del governo.

Tuttavia, ora stava pagando, per questo. Avevano cercato di convincerla a rivelare i nomi degli altri membri di Anonymous che avevano preso parte a questo progetto, ma lei si era rifiutata. Non era una spia. Inoltre, Michelle sapeva a malapena chi fossero gli altri, li conosceva solo con i loro pseudonimi.

L'improvviso silenzio fermò i suoi

pensieri. Ascoltò con attenzione, ma non c'era nulla. Nemmeno il suono di un respiro.

«Signor Smith?»

Non ci fu risposta. Michelle si girò. Era sola, nel buio parcheggio sotterraneo. Sola, a parte qualche macchina parcheggiata.

Stringendo la borsa a tracolla che conteneva il portatile, si diresse verso l'ascensore. Le rimanevano solo dieci giorni. A giudicare dai pochi risultati ottenuti nelle precedenti quattro settimane, non aveva alcuna possibilità di trovare l'inafferrabile hacker che Smith stava cercando. Senza alcun indizio su cosa stesse cercando, quella persona, non poteva restringere il campo di ricerca. Smith aveva idea di quanti hacker attaccassero i server governativi ogni giorno? Nonostante questo ostacolo, si era imbattuta in un individuo particolare che aveva suscitato il suo interesse, ma non era ancora riuscita a individuarlo.

In sostanza, stava cercando un ago in un pagliaio. Un ago che non poteva permettersi di cercare ancora troppo a lungo, perché se non fosse riuscita a scappare prima dello scadere dei dieci giorni, sarebbe stata praticamente morta.

Era il momento di pianificare la sua fuga, continuando a fingere di eseguire la richiesta di Smith, in modo che lui non si accorgesse del suo inganno finché non fosse stato troppo tardi.

3

Non sarebbe stato così facile come aveva pensato all'inizio.

Tanto per cominciare, l'indirizzo IP che Nick aveva rintracciato lo aveva condotto al quartiere Foggy Bottom di Washington, un'area che ospitava non solo l'Università George Washington, ma anche il Poliambulatorio George Washington e numerosi edifici governativi, dalla Banca Mondiale al Fondo Monetario Internazionale, al Federal Reserve Building, la Banca centrale americana, fino al Dipartimento degli Interni.

Inoltre, l'indirizzo non era una casa

privata e nemmeno un ufficio. Si trattava di una caffetteria con accesso WiFi gratuito. Chiunque avesse un portatile poteva collegarsi alla rete internet gratuita della caffetteria e avere il suo indirizzo IP. Una scelta estremamente strana, per il genio dell'informatica con cui Nick si era scontrato nelle ultime settimane. Perché mai qualcuno avrebbe dovuto rischiare di lavorare su una connessione internet aperta, dove altri avrebbero potuto spiare? Oppure si trattava di puro genio che si nascondeva in bella vista?

Nick diede un'occhiata alla caffetteria. Almeno due dozzine di studenti, giovani dottori e uomini in giacca e cravatta erano ingobbiti sui loro computer portatili, lavorando, navigando e leggendo. A prima vista, nessuno di loro aveva l'aspetto di un hacker, ma d'altra parte, che aspetto poteva avere esattamente, un hacker? Sapeva che le apparenze potevano ingannare.

Era lo studente trasandato che teneva in equilibrio il suo portatile sulle ginocchia mentre mangiava un muffin con una mano? O la giovane donna con il camice bianco da medico e le occhiaie, con gli occhi che continuavano a chiudersi, mentre fissava intensamente il monitor del computer? Forse l'uomo in questione era quello di colore, pesante e in abito grigio, che cercava di sviare i sospetti con un'aria da uomo d'affari, con le sue unghie curate e il suo taglio di capelli alla moda.

In breve, avrebbe potuto essere chiunque.

Ci sarebbe voluto un po' di tempo. Tanto valeva mettersi comodo e trovare un angolo da cui osservare l'andirivieni. Prima o poi, il suo addestramento alla CIA avrebbe preso il sopravvento e avrebbe colto i segnali che il suo sospetto stava emettendo. Aveva imparato che nessuno poteva nascondere la sua vera natura per sempre. Soprattutto quando si rilassava e abbassava la guardia, emergeva il suo vero io e Nick sarebbe stato lì, in attesa che commettesse un errore. Aveva aspettato tre anni per arrivare così vicino alle informazioni di cui aveva bisogno, poteva aspettare ancora qualche giorno.

Dietro la postazione dove i baristi

prendevano le ordinazioni e preparavano eleganti bevande al caffè personalizzate, c'era un ronzio come in un alveare. Come una macchina ben oliata, i dipendenti si urlavano l'un l'altro gli ordini per le bevande: un caffè singolo questo, senza schiuma quello, mezzo caffè l'altro. Anche uno dei dipendenti poteva essere il suo uomo. Tutti avevano delle pause, durante i loro turni. Chiunque poteva andare nel retro dove tenevano le scorte e passare qualche minuto al computer. Sarebbe stata un'ottima copertura. E chi sospetterebbe di un barista che lavora al minimo sindacale?

«Doppio espresso, moka senza panna per Nick».

Quando sentì chiamare il suo drink, Nick si girò e prese il suo costoso caffè dal bar.

«Ahi!» Sibilò e lo rimise sul bancone.

«Copertura». L'impiegato dietro il bancone indicò un cestino con delle protezioni di cartone per le tazze, prima di chiamare la bevanda successiva. «Triplo espresso, latte macchiato grande per Michelle».

«Grazie». Infilò una copertura intorno al

bicchiere di carta caldo, prese il suo drink, girò i tacchi e si bloccò all'istante.

Solo la sua rapidissima reazione gli evitò di scontrarsi con la giovane donna che si era avvicinata al bancone per prendere il suo latte macchiato. Invece, Nick fece uno scatto all'indietro, colpendo il bancone con la schiena. L'impatto gli fece stringere involontariamente la presa sulla tazza di caffè. Il coperchio di plastica si staccò e la il caffè caldo schizzò oltre il bordo, macchiando il davanti della sua maglietta.

«Merda!» Imprecò, quando il liquido caldo toccò la sua pelle.

Istintivamente, facendo un balzo indietro per evitare il caffè bollente, il suo gomito colpì qualcosa dietro di lui. Nick si guardò alle spalle, proprio mentre il latte macchiato che il barista aveva chiamato per la cliente successiva si rovesciava sul bancone.

«Bene, fantastico!» Brontolò sottovoce la donna che aveva quasi urtato. «Avevo proprio bisogno di quel latte macchiato».

Sì, e lui aveva bisogno di non dare spettacolo.

Bel modo per non farsi notare, Nick.

Posando il suo drink mezzo rovesciato sul bancone, rivolse un rapido sorriso alla barista che stava già pulendo. «Mi dispiace molto, pagherò io, naturalmente».

«Non preoccuparti, ne farò un altro». Guardò oltre lui. «Michelle, solo un minuto, ok?»

«Grazie», rispose la cliente, presumibilmente Michelle.

Nick annuì. «Lo apprezzo molto. Ma pagherò io».

Si girò per guardare la donna a cui si era rivolta la barista e si bloccò ancora una volta, quando notò un lampo d'argento. Istintivamente, si concentrò sul ciondolo che portava al collo. La luce di un faretto dal soffitto si rifletteva sulla superficie lucida, dandole risalto, anche se in qualsiasi altro momento Nick non avrebbe dato all'oggetto una seconda occhiata. Probabilmente non era nemmeno d'argento, forse solo di acciaio o alluminio. Ma la sua forma era innegabile: si trattava di una piccola maschera di Guy Fawkes, il cospiratore inglese del 1600, lo stesso tipo di maschera che la cooperativa di hacker Anonymous utilizzava come simbolo.

Non poteva essere una coincidenza. Quante probabilità c'erano che qualcuno indossasse questo tipo di ricordo nella stessa caffetteria in cui aveva rintracciato l'hacker? Nick non era uno scommettitore, ma avrebbe puntato su questa donna.

Lentamente, alzò gli occhi e la guardò per la prima volta.

Il suo respiro si fece affannoso, l'aria gli sfuggì dai polmoni. Le labbra rosse furono la prima cosa che vide. Piene e turgide, leggermente divaricate, mostravano denti bianchi e perfettamente dritti. La sua pelle era olivastra, come se provenisse dal Mediterraneo. Sul suo viso c'era una lucentezza dorata di sudore. Non c'era da stupirsi, visto che in città c'era un'afa pazzesca e anche all'interno della caffetteria, con l'aria condizionata, faceva caldo.

Gli occhi blu incorniciati da ciglia scure lo guardavano, valutando, interrogando, curiosi. Ma non lasciò che questo lo dissuadesse dallo scrutarla, perché non era l'ex agente della CIA che era in lui a ispezionarla, ma l'uomo che era in lui, quello il cui sangue stava affluendo all'inguine con una velocità che non riusciva a comprendere. Sapeva solo che quella donna lo intrigava per molti aspetti, l'ultimo dei quali era quello professionale.

Con onde biondo scuro, i capelli le ricadevano sulle spalle, attirando l'attenzione sul suo top con le spalline sottili con reggiseno incorporato, che metteva in risalto i suoi seni sodi, della misura perfetta per la sua struttura magra da un metro e settanta. La pelle della scollatura era della stessa tonalità olivastra del suo viso, una pelle che si abbronzava facilmente. E forse senza linee di abbronzatura. Non che la sua mente dovesse andare in quella direzione. Dopotutto, non era qui per rimorchiarla. Non per motivi romantici, comunque. Tuttavia, per portare avanti la sua missione, aveva bisogno di avvicinarsi a lei. Quanto vicino non lo sapeva ancora.

Per un istante desiderò che quella donna non fosse l'hacker che stava cercando, ma semplicemente una cliente abituale di questa pittoresca caffetteria. Ma il ciondolo e la borsa del computer che portava a tracolla sul busto, come una borsa da bici, suggerivano il contrario.

«Ehm... scusa... ehm...» balbettò, un po' per dare l'idea di sfigato, ma anche perché, per un attimo, si sentì un po' a corto di parole, di fronte a tanta perfezione fisica. «Ehm... Michelle, vero?»

Lei inclinò la testa di lato, ora sospettosa. «Come...?»

Lui puntò con il pollice oltre la spalla. «La barista ha chiamato il tuo latte macchiato, quello che ho rovesciato. Di nuovo, mi dispiace».

Michelle sembrò rilassarsi. «Non preoccuparti». Fece un cenno al suo busto. «Almeno ti sei rovesciato il drink addosso e non l'hai fatto su di me».

Nick sfoggiò un sorriso caloroso, sapendo che era una delle sue qualità speciali, quella che faceva sentire le donne a proprio agio, con lui. «Sì, sono stato un po' maldestro, vero?» Prese un tovagliolo dal bancone e tamponò la macchia sulla maglietta, ma non ci fu modo di rimuoverla. L'unica cosa che poteva fare era tamponarla il più possibile. «Beh, immagino che questa sia rovinata».

Michelle ridacchiò. «Il marrone ti dona».

Nick le strizzò l'occhio e approfittò della sua risposta scanzonata per attirarla ulteriormente. «Sì, certo, divertiti. Ridi del tizio che si è appena reso ridicolo davanti a una bella donna».

Il rossore che le salì alle guance le donò molto e confermò che il suo fascino stava funzionando. Questo sarebbe stato il punto di partenza per arrivare a lei e scoprire cosa sapesse. Con un po' di fortuna, avrebbe saputo, nel giro di pochi giorni, massimo una settimana, se lei avrebbe potuto aiutarlo a ottenere ciò di cui aveva bisogno.

4

L'aveva definita bella e questo la fece sorridere. Dopo la giornata che Michelle aveva avuto fino a quel momento, il complimento dello sconosciuto le sembrò una lozione lenitiva su una scottatura. L'incontro con il suo ricattatore - sì, *ricattatore*, perché quello era, indipendentemente dall'agenzia governativa per cui lavorava - l'aveva lasciata scossa. La pressione era molta. O produceva qualche risultato, o sarebbe finita in prigione, e quello era un posto in cui non voleva andare.

Preferiva di gran lunga essere in

compagnia di uno sconosciuto carino, anche se un po' goffo. Almeno questo tipo non era una minaccia, per lei. L'unico pericolo che correva con il ragazzo dai capelli castani che le sorrideva era quello di essere inzuppata di caffè. Ed era una cosa a cui poteva facilmente sopravvivere.

Michelle lo guardò, mentre gettava i tovaglioli di carta sporchi nel cestino e prendeva un nuovo coperchio per il suo caffè mezzo versato, fissandolo sulla tazza.

«Non voglio essere invadente o altro», disse lui all'improvviso, «ma posso offrirti un biscotto o un muffin da abbinare al tuo latte macchiato?»

Michelle scosse la testa. «Non è davvero necessario. Inoltre, non è che abbia bisogno di calorie extra». Mantenere una forma fisica snella era già abbastanza difficile, visto che passava la maggior parte dei suoi giorni e delle sue notti davanti al computer. Non aveva bisogno di zuccheri per mettere a repentaglio la sua salute e il suo peso.

Un sorriso affascinante, accompagnato da una lunga occhiata su e giù per la sua persona, fu la sua risposta. «Sono sicuro che le brucerai in un attimo».

Aprì la bocca, non sapendo bene come rispondere, quando la barista la interruppe.

«Michelle, il tuo drink è pronto».

Michelle fece un cenno allo sconosciuto e lo superò. «Grazie, Elise».

«Lascia che paghi io», insistette ancora una volta il ragazzo, tirando fuori il portafoglio dalla tasca.

«Non è necessario», rispose la barista. «Si rovescia roba di continuo. Inoltre, Michelle è una cliente abituale».

«Allora», disse, «grazie e scusa ancora». Si allontanò dal bancone per lasciarla passare.

Michelle prese il suo drink e lo portò alle labbra, bevendo un primo sorso.

«Ah, Michelle».

Lei sollevò gli occhi dalla tazza di caffè e lo guardò, curiosa di sapere cos'altro volesse. «Sì?»

«A proposito, io sono Nick. Sono nuovo del quartiere». Le porse la mano.

Esitante, Michelle la strinse. «Ciao, Nick. Sono Michelle, ma questo lo sai già».

Un ampio sorriso fece sembrare il viso di lui più giovane di quanto non sembrasse a prima vista. Lei, adesso, si concesse di guardarlo meglio. Aveva la barba incolta, il tipo di barba che sfoggia un uomo che non ha avuto tempo di radersi per due o tre giorni. Lo faceva sembrare robusto. I suoi capelli erano di colore marrone medio, ma non spenti. Avevano una lucentezza sana. I suoi occhi erano verde-marrone e la sua pelle chiara, come se avesse trascorso molto tempo in casa. Indossava una polo azzurra a maniche corte e pantaloni cargo neri. Nonostante fossero larghi, era evidente che le sue gambe erano muscolose, proprio come le sue braccia, anche se non sembrava un culturista. Era magro.

«Ascolta, capisco se non vuoi farti vedere con me». Nick indicò la sua camicia. «Con le macchie e tutto il resto, sai». Fece un sorriso disarmante. «Ma visto che mi hai fatto rovesciare il drink, forse potresti farti perdonare tenendomi compagnia mentre finisco quello che resta del mio caffè?»

«Ora sarei stata *io* farti rovesciare il tuo drink?» Le venne da ridere.

«Sì. Nel momento in cui ti ho visto, ho perso il controllo del mio corpo».

Michelle alzò gli occhi al cielo e si diresse verso il suo posto preferito, una grande poltrona in un angolo. Nick ci stava provando con lei o era solo eccessivamente amichevole? «Per come mi ricordo, non mi hai nemmeno visto. Ecco perché hai versato il caffè».

Lui le fece l'occhiolino. «Accidenti, mi hai fregato». Poi si avvicinò improvvisamente, abbassando la voce. «Di solito questa frase funziona, ma credo che tu sia troppo intelligente per cascarci».

Michelle rise. Non aveva difese contro il suo fascino da ragazzo della porta accanto. Era disarmante. E non minaccioso, ed era quello di cui aveva bisogno in questo momento. Un po' di normalità, nella sua vita.

Fece cenno alla seconda poltrona, mentre lei si accoccolava nel suo posto preferito e posava la borsa del computer. «Immagino che non mi libererò di te così facilmente».

Nick si sedette di fronte a lei e posò lo zaino per terra. «Sono un po' come il caramello, appiccicoso ma dolce».

Lei ridacchiò. «Allora, questa frase per rimorchiare... ha mai funzionato, per te?»

Lui si strinse nelle spalle. «La sto ancora perfezionando. Anche Roma non è stata costruita in un giorno».

«Allora è un *no*».

«Accidenti, salti sempre alle conclusioni così in fretta?»

«Solo quando le prove sono piuttosto chiare».

Entrambi i lati della sua bocca si inclinarono verso l'alto. «Cosa sei, Michelle, una specie di detective?» Si chinò sul tavolino che li separava e posò il suo drink. «Dovrei avere paura di te?»

«Dovresti?» Lei fece scorrere gli occhi su di lui ancora una volta. Forse avrebbe dovuto avere paura di lei. Dopotutto, lui aveva un aspetto piuttosto innocente, mentre lei era tutt'altro.

A conti fatti, era una criminale, anche se non si era mai considerata tale. Era un'hacker da quando aveva iniziato a navigare su internet. Svelare le cose che il governo voleva nascondere ai suoi cittadini era la sua missione di vita. Anonymous era la sua famiglia, l'anarchia la sua religione. Ma ora tutto questo non c'era più, perché doveva servire proprio il nemico contro cui aveva combattuto a lungo: il governo degli Stati Uniti. Non poteva nemmeno correre dai suoi vecchi amici, gli altri hacker, perché facendolo li avrebbe solo messi in pericolo, esposti. Doveva uscirne da sola.

Il che poteva portare a chiedersi perché stesse perdendo tempo a flirtare con Nick. Perché, sì, stava davvero flirtando con lui. Avrebbe fatto meglio a tornare al lavoro e a cercare di consegnare la persona che *Gola Profonda* stava cercando.

Tuttavia, tutti si meritano una pausa ogni tanto. E che male c'era a parlare con un ragazzo simpatico per qualche minuto? Era rilassante e forse questo era il modo per ricaricare le batterie e avere altra forza, per oggi.

«Quindi sei del posto», disse Nick, proprio mentre lei apriva la bocca, e parlarono all'unisono, «E tu sei nuovo, del quartiere?»

Imbarazzata, lei ridacchiò. «Parla tu».

«No, no, prima tu», insistette lui.

«Ti sei trasferito qui di recente?»

«Sì, questa settimana. Vengo da una piccola città dell'Indiana».

Proprio come lei aveva pensato: un innocente nella grande città. «Cosa ti porta qui?»

«Lavoro. Avevo bisogno di cambiare aria».

Lei annuì. «Sì, lo capisco». Anche lei voleva cambiare aria. Preferibilmente su una spiaggia sabbiosa in un paese che non prevedesse l'estradizione negli Stati Uniti.

«Lavori qui a Washington? All'università?» Chiese lui.

«All'università?» Lei aggrottò immediatamente le sopracciglia.

Lui indicò la borsa del computer. «Sembra

che tu possa essere una docente o qualcosa del genere».

Gli sorrise. Se solo avesse avuto un lavoro innocuo come quello. «Credo che tu debba lavorare un po' di più sulle tue abilità di detective», scherzò. «Potrei essere una studentessa».

Mostrando i suoi denti bianchi, lui le disse: «Ma non lo sei. Non che tu sembri vecchia, ma sembri molto più seria di tutti gli studenti che ho conosciuto».

«Potrei essere una laureanda o una specializzanda».

«Sì, ma in genere sono troppo stanchi per rimanere svegli». Indicò la giovane dottoressa che sonnecchiava su una sedia di fronte a loro. «O troppo concentrati sulla loro tesi». Nick indicò un giovane uomo che stava scrivendo sul suo computer portatile in modo così furioso che lei si chiese se lui o il suo computer avrebbero iniziato a fumare, prima o poi.

«Ho capito», ammise Michelle, divertita dal giochino che stavano facendo, più di quanto avrebbe dovuto.

«Mi terrai sulle spine, vero?»

«Sembra che tu ti diverta. Alla maggior parte degli uomini non piacciono le sfide?»

«Immagino di sì. Ma io sono solo un campagnolo dell'Indiana. E tu sei una donna sofisticata della capitale. Ho l'impressione che tu voglia solo giocare con me». Le fece l'occhiolino.

Alla routine da campagnolo lei non credeva nemmeno un po', anche se era carina, doveva ammetterlo. «Sei proprio un seduttore, vero? È per questo che ti sei trasferito a Washington? Per provare il tuo fascino campagnolo con le donne di città?»

«Qualcosa del genere». Prese il suo caffè e ne bevve un sorso.

«Allora cosa fai?»

«Per vivere, intendi?»

«Sì, per vivere. A meno che, ovviamente, tu non sia ricco e indipendente e non ti stia mescolando alle masse lavoratrici solo per divertimento».

«Magari». Sorrise. «Ma sono un lavoratore.»

«E non mi dirai cosa fai, vero?»

«Mi sembri il tipo di donna che preferisce scoprirlo da sola. Ho ragione?»

«Stai cercando di renderti più interessante di quello che sei?»

Lui si chinò sul tavolo, abbassando la voce. «Funziona?»

Lei lo raggiunse a metà strada. «Te lo dirò quando succederà».

«Beh, allora è meglio che me ne vada, prima che diventiamo troppo familiari e che tutto il mio mistero esca dalla finestra». Si alzò rapidamente e prese il suo zaino. «È stato un piacere conoscerti, Michelle. Forse ci rivedremo, qualche volta».

«Sì, forse».

Lo guardò mentre marciava verso la porta d'ingresso, con un'andatura decisa. I muscoli del suo sedere si flettevano a ogni passo e lei si chiese quali altre mosse avesse. Mosse che non le dispiaceva usasse su di lei. Mosse di natura più intima. Si leccò le labbra al pensiero. Era da un po' che non stava con un uomo. Forse era quello di cui aveva bisogno per rilassarsi: una scappatella passionale. Non doveva significare nulla. Anzi, era meglio che fosse così. La sua vita era già troppo incasinata. Non aveva bisogno di una relazione che l'aggravasse.

Arrivato alla porta, Nick si fermò, ma prima di spingerla e aprirla si guardò alle spalle e le sorrise.

Imbarazzata dal fatto che l'avesse sorpresa a fissarlo, bevve un sorso del suo latte macchiato ormai tiepido, fingendo di non averlo guardato. Ma entrambi sapevano che lo aveva fatto, con innegabile desiderio. Perché, nonostante la loro interazione molto breve, c'era stata una scintilla.

E forse quella scintilla avrebbe potuto accendere qualcosa.

Un fuoco rapido.

Una fiamma che avrebbe arso vivamente, prima di spegnersi altrettanto rapidamente.

5

Nick aveva aspettato il momento giusto per diversi giorni. Adesso era arrivato.

Aveva fatto i compiti e aveva scoperto dove viveva Michelle, quali erano le sue abitudini, chi incontrava, dove faceva la spesa e cosa mangiava. La maggior parte delle informazioni le aveva raccolte semplicemente seguendola e osservandola, senza che lei si accorgesse di lui. Il resto lo aveva ricavato da ricerche su internet. Non c'era molto online, su di lei, quasi come se qualcuno si fosse preso la briga di cancellare la sua presenza digitale. O l'aveva fatto lei stessa o per lei l'aveva fatto qualcuno abbastanza in alto.

In ogni caso, Michelle stava per diventare un fantasma. Oggi c'era, domani non c'era più. Istintivamente Nick seppe di non avere molto tempo per fare la sua mossa. Oggi sarebbe andato alla caffetteria e le avrebbe chiesto di uscire. Avrebbe usato tutto il suo fascino per portarsela a letto e poi avrebbe dato un'occhiata al suo prezioso computer, quello senza il quale non usciva mai di casa, quello che non perdeva mai di vista, nemmeno quando andava alla toilette della caffetteria, quando aveva visto molti altri clienti lasciare incustoditi i loro laptop, mentre usavano i servizi.

Fresco di doccia e di barba, Nick attese il cambio del semaforo al prossimo passaggio pedonale. Accanto a lui diverse persone aspettavano, mentre una donna correva sul posto, con gli occhi puntati sulle luci dell'altro lato della strada.

La premonizione arrivò dal nulla, come sempre, anche se non sempre sapeva subito cosa stesse guardando. Questa volta lo sapeva. La riconobbe immediatamente: Michelle. Stava uscendo dalla caffetteria e aveva urtato un cliente mentre lo faceva. L'uomo la stava insultando, ma Michelle non aveva nemmeno girato la testa, come se non lo avesse notato. Sembrava distratta, con un'espressione preoccupata sul viso. Qualcosa la preoccupava.

Nick si sentì allungare una mano per cancellare la preoccupazione dal suo viso, ma nella sua visione Michelle continuava a camminare, avvicinandosi all'incrocio dove il semaforo stava cambiando in quel momento. Guardò solo brevemente alla sua destra, prima di scendere sulle strisce pedonali. Non vide nemmeno il taxi che arrivava da sinistra. La colpì e la scaraventò in aria. Dietro il taxi, il suo corpo sbatté sull'asfalto duro, come una bambola di pezza. Capì subito che era morta. Lo capì con una certezza che lo fece rabbrividire fino alle ossa e gelare il sangue nelle vene.

«No!» Esclamò e spinse la visione da parte.

Gettando un rapido sguardo ai suoi lati,

attraversò l'incrocio sfrecciando tra le auto, attirando su di sé le maledizioni degli automobilisti. Ma non gli importava. Non aveva tempo da perdere, altrimenti Michelle sarebbe morta.

Perché avesse le visioni, quando e come apparissero, Nick non lo sapeva. Era il suo dono speciale e il motivo per cui viveva nascosto. Ma oggi avrebbe usato il suo dono per salvare una vita umana. Se non era già troppo tardi.

Con lo zaino leggero che portava sempre con sé su una spalla, Nick correva tra la folla affollata del primo pomeriggio che intasava i marciapiedi, spingendo via le persone che non lo lasciavano passare abbastanza velocemente. Maledizioni e grida di rabbia lo seguirono, ma lui non ci fece caso. Era vicino, così vicino. Mancavano solo due isolati alla caffetteria.

Corse lungo il marciapiede, scendendo brevemente in strada quando una persona in sedia a rotelle gli bloccò la strada. Un'auto gli suonò il clacson, ma lui continuò a correre, sfrecciando tra due veicoli per svoltare a destra nella strada dove si trovava la caffetteria, alla fine dell'isolato.

Un uomo, che aveva riconosciuto dalla premonizione, si avvicinò alla porta della caffetteria. La porta lo colpì quasi in faccia, mentre veniva aperta. La donna che usciva era Michelle.

Merda!

Con la coda dell'occhio, Nick vide qualcosa di giallo lampeggiare. Mosse di scatto la testa di lato. Il taxi lo stava superando.

«Michelle!» Chiamò a squarciagola, salutandola.

Lei non lo sentì e non lo vide, continuando a camminare, avvicinandosi alle fatidiche strisce pedonali.

Nick si lanciò in uno sprint ancora più veloce, spingendo sull'asfalto bollente con tutta la sua forza. Il suo cuore batteva forte, mentre i suoi polmoni stavano facendo gli straordinari.

Devi raggiungerla! Corri! Dannazione, corri!

«Michelle!» Gridò di nuovo, ma il clacson di un'auto soffocò la sua voce.

Qualche metro in più, solo qualche metro in più. Puoi farcela!

Sfrecciò accanto a una donna con un bambino piccolo, raggiungendo il taxi. Davanti a lui, Michelle era ferma sulle strisce pedonali e guardava alla sua destra, non vedendo lui e il taxi in arrivo. Tutto sembrò accadere al rallentatore. Il taxi che si avvicinava all'incrocio... Michelle che alzava il piede per fare un passo in strada...

«Michelle!» Nick si precipitò verso di lei.

Michelle girò la testa nella sua direzione, con gli occhi spalancati e la bocca aperta, bloccandosi nella posizione in cui si trovava, con un piede sulla strada e uno sul marciapiede. Nick si fiondò su di lei, girandola di lato in una frazione di secondo, lontano dal traffico, inserendosi tra lei e il taxi che li aveva appena raggiunti.

La spinse via da lui, verso il centro del marciapiede. Cercò di fare perno su di lei, ma lo specchietto del taxi si impigliò nella cinghia del suo zaino, strappandoglielo di dosso e travolgendogli il braccio. L'impatto lo fece cadere di lato. Nick fu sbattuto contro uno scaffale portagiornali di metallo e il braccio sinistro e il fianco ne risentirono. Ma non aveva tempo di preoccuparsi di questo, né delle gomme stridenti o delle grida eccitate che lo circondavano.

Invece, cercò Michelle. Quando finalmente la trovò, era in mezzo al marciapiede, in piedi, ma visibilmente scossa. Le passò gli occhi addosso, ma non vide ferite evidenti.

Sollevato, si accasciò a terra e appoggiò la schiena al portagiornali. «Grazie a Dio», mormorò Nick tra sé e sé, mentre l'aria gli usciva dai polmoni.

«Gesù Cristo!» Michelle corse verso di lui, barcollando un po' e sembrando scossa. «Oh mio Dio!»

«Stai bene, Michelle?» Lui alzò lo sguardo su di lei.

Lei respirò pesantemente, mentre si accovacciava davanti a lui. «Quel taxi mi avrebbe investito!» Le sue labbra tremavano.

«Se non ci fossi stato tu...» Chiuse gli occhi per un attimo, deglutendo a fatica.

Cercò di prenderle la mano, ma si accasciò per il dolore al braccio e al fianco. Respirò, desiderando che la sensazione si attenuasse.

Michelle aprì gli occhi e guardò il suo braccio. «Sei ferito. Non muoverti. Chiamo un'ambulanza».

Immediatamente, Nick scosse la testa. «Non ho bisogno di un'ambulanza. Sto bene».

Non voleva un'ambulanza. Non voleva nemmeno un rapporto della polizia sull'incidente. Pur avendo costruito una falsa identità, non aveva intenzione di verificare quanto bene avesse coperto le sue tracce.

Diversi passanti si affollarono intorno a loro. Un uomo si fece largo tra loro: il tassista.

«Stai bene, amico?» Chiese, con la voce tremante.

Nick annuì rapidamente.

«Merda!» Il tassista si passò una mano sulla testa. «Mi sei sbucato davanti. Non è stata colpa mia».

Alcuni pedoni grugnirono con rabbia.

«Tipico dei tassisti!» Imprecò uno di loro.

Nick usò il suo braccio buono per alzarsi da terra e, facendo leva sul portagiornali, si tirò su. «Sto bene. Non è successo niente». Facendo un sottile sorriso, annuendo ancora una volta al tassista. «Sto bene. Non c'è bisogno di aspettare».

«Devi farti visitare da un medico. Potresti avere una commozione cerebrale», insistette Michelle.

Nick le mise una mano sull'avambraccio e la strinse. «Sto bene. Fidati di me».

Il tassista gli lanciò un'occhiata incerta, grattandosi il collo. «Sei sicuro? Non mi farai causa, dopo?»

«Non ti farò causa. È stata tutta colpa mia».

Alla fine, il tassista tornò al suo taxi. Nick si girò verso gli altri pedoni che continuavano a stare lì intorno, assicurandosi di non perdersi nulla.

«Onestamente, non c'è altro da vedere qui», insistette e fece un movimento per farli allontanare.

«Quella è la sua borsa, signora?» Un

ragazzo indicò la borsa del computer sul marciapiede.

Michelle annuì e il ragazzo gliela porse. «Grazie».

Lentamente, le persone si dispersero. Nick si guardò intorno. Era possibile che qualcuno avesse già chiamato il 911 e che la polizia stesse arrivando. Era meglio non rischiare di rimanere qui ancora a lungo. Prese il suo zaino, felice di vedere che era ancora intatto, dopo l'atterraggio sul marciapiede.

«Qualcuno deve visitarti», disse Michelle, accanto a lui.

Le sorrise, la sua preoccupazione lo commosse. «È solo un piccolo livido. Sopravviverò».

«Per favore, andiamo in ospedale».

«Non posso. Non ho l'assicurazione sanitaria, al momento». Era vero, anche se non era questo il motivo per cui non voleva vedere un medico. «Devo solo metterci del ghiaccio».

Michelle sbuffò infastidita. «Dannazione, devi proprio essere così testardo?»

Sorrise. «Pensi che io sia testardo?»

Lei sgranò gli occhi. «Bene, allora andiamo a casa mia. Darò un'occhiata alle tue ferite e ti giuro che se le riterrò gravi, ti *porterò* io stessa in ospedale».

Alla sua affermazione autoritaria, Nick ebbe voglia di salutarla come se fosse un sergente istruttore dell'esercito. Ma soppresse l'impulso. «Sì, signora».

6

Almeno Nick non si opponeva al fatto che lei lo aiutasse.

«Riesci a camminare?» Chiese Michelle, guardandolo da cima a fondo.

«Posso. Dove vivi?»

Fece un cenno verso la direzione che aveva imboccato all'inizio. «Non è lontano. Solo qualche isolato».

Michelle mise la borsa del computer su una spalla e aspettò che il semaforo diventasse verde, facendo un altro respiro. Stava ancora tremando, ma la realtà di ciò che era appena accaduto si stava consolidando. Stava per attraversare la strada senza guardare. E se Nick non fosse stato lì, sarebbe finita dritta sulla traiettoria del taxi. Tutto sarebbe potuto finire in pochi secondi. Rabbrividì al pensiero.

«Stai bene?»

Alla voce preoccupata di Nick, alzò il viso verso di lui. «Credo che solo ora mi stia rendendo conto. Non posso credere di essere stata così negligente. È stata una fortuna che tu fossi lì. Come hai fatto a capire...»

Nick le prese la mano e la strinse. «Non pensarci più. Ti farà solo impazzire. Sono felice di averti presa in tempo».

Alla strana formulazione delle sue parole, lei aggrottò le sopracciglia. «Mi stavi cercando?»

«In realtà stavo andando alla caffetteria, sperando di vederti, quando ti ho vista all'incrocio».

«Oh». Era strano, considerando che non si erano più visti dal loro primo incontro di qualche giorno prima.

«Sì, quando ti ho visto lì, mi sono accorto che avevi già lasciato la caffetteria, così ti ho chiamato». Nick sorrise, facendo spallucce. Poi fece cenno al semaforo e insieme attraversarono la strada. «Mi ci sono voluti alcuni giorni per trovare il coraggio di chiederti di uscire per un caffè. Non volevo sprecare quell'opportunità. Così ho corso per cercare di raggiungerti».

Il suo cuore iniziò a battere più velocemente, e questa volta non fu per il panico o lo shock. «Volevi chiedermi di uscire per un caffè?» E invece l'aveva salvata dal farsi male.

Nick le lanciò un'occhiata laterale. «Ho pensato di provare ancora una volta il mio fascino da campagnolo su di te, per vedere se stavolta funzionasse meglio».

Incredula, scosse la testa. Quest'uomo esisteva davvero? Non solo era un eroe, che l'aveva salvata senza curarsi della propria sicurezza, ma era anche autoironico, dolce e assolutamente affascinante. Per non parlare del fatto che era bello e sexy da morire. Diede una rapida occhiata alle sue mani. E a quanto pare era ancora single. Gesù, perché non aveva mai incontrato un ragazzo come lui in passato, prima che la sua vita iniziasse a precipitare?

«Non so cosa dire». Si avvicinò al suo braccio.

Trasalendo, disse: «Non c'è bisogno di dire nulla. Ma un sacchetto di ghiaccio sarebbe perfetto, in questo momento».

«Mi dispiace tanto», si scusò, quando si rese conto di avergli appena stretto il braccio ferito. «Andiamo dentro e poi mi prenderò cura del tuo braccio».

Indicò una palazzina di tre piani. «Temo che sia un edificio senza ascensore».

«Non c'è niente che non vada nelle mie gambe».

Michelle si girò verso la porta e la aprì. Entrò con Nick alle calcagna e lo precedette, salendo le vecchie scale scricchiolanti.

«Vivi da sola?»

Si guardò alle spalle. «Sì, è solo una piccola stanza da letto, abbastanza economica da non aver bisogno di un coinquilino».

«Bene».

Per un istante il suo cuore si fermò. Era

saggio portare nel suo appartamento un uomo che aveva incontrato solo per la seconda volta? Si stava forse creando dei problemi, facendolo entrare in casa sua, dove sarebbero stati soli? Dopotutto, non sapeva nulla di lui.

Nulla, a parte il fatto che era affascinante - e a quanto pare lo era stato anche il serial killer Ted Bundy - e che le aveva salvato la vita. Quest'ultima parte la aiutò a prendere una decisione. Nick aveva rischiato la propria vita per salvare la sua e di conseguenza era rimasto ferito. Doveva almeno assicurarsi che stesse bene. E non poteva biasimarlo, se non voleva andare in ospedale. Senza assicurazione, gli avrebbero fatto pagare un occhio della testa solo per una radiografia e un impacco di ghiaccio.

«Eccoci qui», annunciò quando raggiunse l'ultimo piano e salì sul pianerottolo. C'erano due appartamenti, su questo piano. Estrasse il portachiavi dalla borsa del computer e inserì la chiave nella serratura.

Quando aprì la porta, si girò e vide Nick

esitare nel corridoio. Gli fece cenno di entrare. «Entra, non ti mordo».

Lui sorrise. «Prometti?»

Michelle lasciò cadere le chiavi sul tavolino del breve corridoio su cui si aprivano una porta che conduceva al bagno e un'altra alla camera da letto. Davanti a lei, un arco conduceva al soggiorno con una piccola cucina adiacente. Non era un granché, ma almeno qui aveva la sua privacy.

«Bel posto», commentò Nick e la seguì nel soggiorno.

«Siediti. E togliti la maglietta», gli disse e si diresse verso la cucina.

La porta tra il soggiorno e la cucina era stata rimossa da tempo per mancanza di spazio. Aprì il freezer e ci rovistò dentro, trovando infine un sacchetto di piselli surgelati. Dovevano bastare. Prese un canovaccio pulito da un cassetto e tornò verso il soggiorno, ma si fermò di botto.

Nick era in piedi sulla cornice della porta, con il petto nudo e scintillante. Aveva una corporatura ancora migliore di quella che lei aveva sospettato il giorno in cui lo aveva incontrato per la prima volta. In effetti, era decisamente muscoloso. Le venne l'acquolina in bocca alla vista dei suoi addominali e dei pettorali ben definiti che sembravano contrarsi.

L'unico suono che riuscì a emettere la sua gola secca fu *«Oh»*. Fantastico, si stava trasformando in un'adolescente sbavante. Che cosa patetica.

«Scusa, non volevo spaventarti». Il timbro profondo della sua voce rimbalzò sulle pareti della piccola cucina.

Nella piccola stanza sembrava ancora più imponente, ancora più attraente, più allettante.

«È il ghiaccio?»

Lui indicò il sacchetto di piselli, spingendola a tornare in azione.

«Sì, sì. Mi dispiace, non ho dei veri cubetti di ghiaccio, ma questo andrà bene». Si girò di lato. «Allora perché non ti siedi qui e così ti posso dare un'occhiata?». Non che lei non lo stesse già *guardando*. O meglio, lo stava *occhieggiando*.

Lui la superò per raggiungere l'unico

sgabello accanto al minuscolo bancone della colazione, grande a malapena per una persona. Con imbarazzo, lei si girò per cercare di evitare di sfiorarlo, ma accadde lo stesso.

Una scarica di adrenalina la colpì, al contatto inaspettato. L'ondata di calore che l'accompagnò la bruciò dall'interno, aggiungendosi alla temperatura soffocante del suo appartamento all'ultimo piano. In questo momento desiderava l'aria condizionata, anche se non era sicura che l'avrebbe aiutata a raffreddare il suo corpo.

Nick prese posto sullo sgabello e si girò verso di lei. Lei posò il sacchetto di piselli surgelati sul bancone e si allungò verso il suo braccio.

«Ti toccherò leggermente il braccio per vedere se è rotto, ok?»

Lui si limitò ad annuire, ma rimase in silenzio. Michelle sentì i suoi occhi su di lei e cercò di rimanere calma. Era naturale che lui osservasse quello che faceva, si disse. Nella sua situazione, anche lei avrebbe fatto lo stesso. Non significava che la stesse controllando. Inoltre, probabilmente stava soffrendo e nemmeno gli uomini provano sentimenti romantici quando soffrono, giusto?

Lentamente, gli passò le mani sul braccio. L'avambraccio sembrava a posto e quando lei lo strinse con esitazione, lui non protestò. Quando raggiunse il gomito, provò il suo raggio di movimento e, ancora una volta, non le sembrò che di fosse nulla di strano.

«Tutto bene», commentò.

Gli passò la mano sulla parte superiore del braccio e fece un po' di pressione. Immediatamente, Nick sussultò e gemette.

«Scusa». Lei catturò il suo sguardo. «Devo controllare ancora un po'».

«Mmm-hmm». I suoi occhi erano illeggibili. Erano diventati più scuri?

Il calore della pelle di Nick le fece formicolare le dita. Fece un respiro regolare, sperando che lui non si accorgesse dell'effetto che le faceva il contatto con lui. Diamine, non era una vergine che arrossiva facilmente! Non era il primo uomo che toccava. E non sarebbe stato nemmeno l'ultimo. Anche se era passato un po' di tempo dall'ultima volta che era stata con qualcuno. Forse troppo tempo. Magari era questo il motivo per cui toccarlo la metteva in agitazione.

Ricomponendosi, continuò a esaminargli il braccio. Anche se lui sibilava, quando lei gli stringeva il bicipite, lei non pensava che il braccio fosse rotto.

«Penso che sia solo una contusione. Probabilmente diventerà blu in un giorno o due». Lei scambiò uno sguardo con lui.

«Proprio come pensavo. Grazie».

«Aspetta», disse lei. «E le tue costole?» Gli indicò il fianco. «Hai sbattuto contro il portagiornali con forza. Alza il braccio».

Nick seguì il suo comando e lei pose la mano sul suo fianco, premendo leggermente.

Lui si ritrasse. «Ok, basta giocare al dottore, per oggi», disse con leggerezza, anche se l'espressione del suo viso le diceva che si era fatto male anche lì.

Michelle inclinò la testa. «E io che mi stavo divertendo così tanto», disse, con sarcasmo. Sospirò. «Onestamente, uomini...»

Afferrò il sacchetto di piselli e lo mise sopra il braccio di lui. «Tieni questo».

Mentre lui si premeva l'impacco di ghiaccio di fortuna sul bicipite, lei gli avvolse intorno lo strofinaccio e lo annodò. «Dovrebbe andare bene».

Aprì di nuovo il freezer e prese un sacchetto di mais dolce. «Questo è per le tue costole. Dovrai tenerlo premuto sul fianco per un po'».

«Sì, sì, signora».

Lei mise le mani sui fianchi. «E non prendermi in giro. Sto solo cercando di aiutarti, idiota testardo». Tirò su col naso con un breve respiro.

«Quindi ora sarei un'idiota?» Chiese lui, fin troppo dolcemente, quasi come se sapesse cosa stava succedendo dentro di lei.

Le lacrime le salirono agli occhi. Nick avrebbe potuto essere ucciso oggi. *Per lei*. Per aver salvato la sua miserabile vita, quando sapeva che la sua vita era praticamente persa in ogni caso. Perché se non fosse riuscita a produrre i risultati che il signor Smith voleva, l'avrebbe fatta sbattere in prigione. E in questo momento si trovava in un vicolo cieco. Come se qualcuno avesse eretto un muro proprio davanti a lei. Un muro che non riusciva a penetrare. Stava esaurendo le opzioni e il tempo a disposizione.

«Perché l'hai fatto?» Un singhiozzo le uscì dal petto. «Quel taxi avrebbe potuto ucciderti! Non mi conosci nemmeno. Non sai nemmeno se vale la pena rischiare la tua vita per me. Sei un idiota». L'ultima parola le uscì a malapena dalle labbra, le lacrime soffocarono la sua voce.

Un attimo dopo, sentì la mano di lui avvolgerle il polso e tirarla a sé. Il braccio di lui le circondò la schiena, trascinandola più vicino a sé, finché non fu catturata tra le sue gambe divaricate, con il petto contro quello di lui.

Usò l'indice per farle alzare il viso in modo che lo guardasse. «Ogni vita vale la pena di essere salvata». Fece una pausa, sorridendo. «Per quanto riguarda l'avermi dato dell'idiota: vorrei delle scuse, per questo». Il suo sguardo cadde sulla bocca di lei.

Il suo respiro si fece subito affannoso, la consapevolezza permeava ogni cellula del suo corpo. Le pulsazioni cominciarono ad accelerare e il sudore le imperlò la pelle.

«Delle scuse davvero belle e lunghe». Lui abbassò la testa finché le sue labbra non si trovarono a pochi centimetri da quelle di lei. «Che ne dici di farmi queste scuse, adesso?»

La sua voce la stava drogando, il suo braccio forte la imprigionava. Il suo respiro soffiava sul suo viso, tentandola ulteriormente.

«Solo un bacio», mormorò lei.

«Due: mi hai dato dell'idiota due volte».

«Due, allora».

Nel momento in cui l'ultima parola lasciò la sua bocca, sentì le labbra di Nick sulle sue. All'inizio il tocco fu morbido e gentile, un semplice sfiorarsi di pelle su pelle, di calore che scivolava contro il calore. Istintivamente, le sue labbra si aprirono e lei aspirò il suo profumo maschile, inalando il suo aroma, portandolo in profondità nei suoi polmoni. Un piacevole brivido le corse lungo la schiena, facendola tremare tra le sue braccia.

Un ronzio di apprezzamento uscì dalle sue labbra, riverberando contro le sue, le vibrazioni diffusero una sensazione di formicolio sulla bocca e sul viso di lei.

Seppe allora che due baci non sarebbero stati sufficienti a soddisfare l'improvvisa fame che stava crescendo dentro di lei.

7

Nick inclinò la testa e catturò completamente le labbra di Michelle, assaporando le sue lacrime che si asciugavano e il suo dolce respiro. Il suo improvviso sfogo emotivo lo aveva colto di sorpresa, ma allo stesso tempo gli aveva dato la possibilità di fare ciò che sapeva di dover fare: avvicinarsi a lei per scoprire cosa sapesse. Spinse in fondo alla sua mente la fitta di senso di colpa che era emersa. Nel profondo sapeva che era sbagliato, ma non riuscì a fermarsi.

Vederla morire, nella sua visione, era stato troppo reale e sapere che se fosse arrivato solo due secondi dopo, la premonizione si sarebbe avverata, gli faceva ancora venire i brividi lungo la schiena. Era una sensazione che non poteva ignorare. Quello di cui aveva bisogno ora, quello di cui avevano bisogno entrambi, erano alcuni momenti di puro e totale abbandono. Una breve celebrazione della vita, della lussuria e della passione, della tenerezza e dell'estasi. Per un breve periodo, avrebbe dimenticato quale fosse la sua vera missione e si sarebbe concentrato su una sola cosa: far dimenticare alla donna tra le sue braccia il fatto che oggi era sfuggita per poco alla morte.

Voleva inondarla di passione, far ronzare il suo corpo di piacere e perdersi in lei. Solo per un breve periodo. Quella parte non sarebbe stata una bugia. Sarebbe stata reale e onesta.

Nick ignorò il dolore al fianco e si concentrò solo su Michelle, sulla morbidezza delle sue labbra, sul sapore delizioso della sua bocca, sui colpi insistenti della sua lingua, mentre duellava con lui in una partita che nessuno dei due poteva vincere. *Fame* fu la parola che gli venne in mente, quando le sue mani affondarono nelle sue spalle, aggrappandosi a lui come se ne andasse della sua vita e come se avesse paura che lui la buttasse via.

Fece scivolare le mani sotto la sua vita, tastando il suo sedere sodo attraverso il sottile tessuto della gonna estiva. Dannazione, indossava qualcosa, sotto quel sottile lembo di cotone? Sembrava che fosse nuda.

Nick ringhiò involontariamente, intensificando il bacio, mentre la spingeva contro il suo inguine, dove il suo cazzo era già duro come l'acciaio.

Michelle gemette nella sua bocca, e il suo corpo si irrigidì, per un istante. Sì, sentiva la sua erezione, sapeva cosa stava per succedere, perché un bacio non sarebbe stato sufficiente. Lui aveva bisogno di qualcosa di più, da lei. Aveva bisogno di entrare dentro di lei, per far svanire gli orrori dell'ultima ora. Per farglielo dimenticare.

Con impazienza, fece scivolare le mani sotto il tessuto della gonna. Quasi saltò fuori dai pantaloni quando sentì la pelle nuda sotto le sue dita. Le palpò il sedere, esplorandolo, e si accorse che indossava un perizoma. Avrebbe dovuto sapere che una donna sexy come Michelle avrebbe indossato biancheria intima sexy come quella. Non che in questo momento avesse bisogno di un'ulteriore eccitazione sotto forma di lingerie sexy.

Michelle che lo baciava con una passione assolutamente sfrenata era già abbastanza eccitante. E Michelle che si strofinava contro il suo cazzo era quasi troppo. Ma lei lo stava facendo e lui non l'avrebbe fermata. Così come lei non lo fermò quando lui le abbassò il perizoma lungo le cosce fino a farlo cadere ai suoi piedi.

Ora aveva pieno accesso al suo sesso e ne fece uso. Fece scivolare la mano lungo il suo sedere fino all'attaccatura delle sue cosce, raggiungendole in mezzo. Lei si adeguò immediatamente e allargò la sua posizione in modo che lui potesse portare la mano tra le sue gambe.

Era calda e bagnata. Una goccia dei suoi umori gli ricoprì il dito e lui lo strofinò lungo la sua fessura umida. Lei sussultò sotto il suo tocco intimo, ma non si tirò indietro. Anzi, dondolò il bacino contro il suo cazzo come se chiedesse di più.

Nick staccò le labbra dalle sue. «Lo vuoi, vero? Vuoi il mio cazzo?»

I suoi occhi velati di passione lo fissavano. Il suo viso era arrossato e lei abbassò le palpebre, ma lui non le permise di sfuggirgli. «Guardami».

I suoi occhi si aprirono di scatto e lei lo fissò.

«Lo vuoi?» Lui fece dondolare il suo cazzo contro di lei e strofinò due dita sul suo sesso bagnato, sondando delicatamente l'ingresso del suo corpo. «Mi vuoi dentro di te?»

«Sì». Gli mise una mano sulla nuca e lo tirò indietro verso di sé, in modo che ci fosse solo una striscia di spazio tra loro. «Ti voglio. Ora. Qui».

Era preparato, per questo. Aveva infilato un paio di preservativi nella tasca dei pantaloni, prima di lasciare casa sua. Ora gli sarebbero tornati utili.

«Bene, perché è quello che volevo fare dal momento in cui mi hai fatto rovesciare il caffè».

«Non ti ho fatto rovesciare il tuo caffè».

«L'hai fatto, eccome».

Le catturò di nuovo le labbra, impedendole di esprimere ulteriori proteste. Baciandola, Nick la sollevò da terra e le allargò le gambe, avvolgendosele intorno alla vita. Si diresse verso il soggiorno, mentre il suo cazzo scivolava contro il centro di lei a ogni passo che faceva. L'eccitante sensazione fece passare in secondo piano anche il dolore al braccio.

Quando raggiunse il divano, ce la adagiò sopra e si abbassò tra le sue cosce. Non perse tempo e le sollevò la gonna per esporre il suo sesso ormai scoperto. La vista gli tolse il fiato. Era completamente nuda. Nulla era nascosto alla sua vista.

«Piccola», gemette.

Come avrebbe fatto a sopravvivere a tutto questo? Ancora pochi secondi e sarebbe venuto dentro ai pantaloni. *Cazzo!* Doveva riprendere il controllo di sé.

Nick sollevò lo sguardo e incontrò gli occhi di Michelle. «Sei assolutamente stupenda». Poi abbassò la testa, ma continuò a mantenere il contatto visivo. «Spero che non ti dispiaccia, ma ho saltato il pranzo. E io adoro i buffet». E il tipo di banchetto che gli si presentava davanti era impossibile da resistere. «Tutto quello che puoi mangiare, insomma».

Il respiro di lei si fece affannoso, prima che lui abbassasse la bocca sulle sue pieghe lisce e la assaggiasse per la prima volta. Lentamente leccò la sua pelle nuda e raccolse la rugiada che colava da lei. Con le mani sulle sue cosce, la allargò di più.

«Apriti per me», la incitò e succhiò lungo le sue deliziose pieghe.

Michelle allargò le gambe, sollevandone una sullo schienale del divano.

«Ecco fatto. Proprio così». Le mise le mani sotto il sedere e inclinò il suo bacino verso di lui. Poi si tuffò di nuovo sul suo sesso e lo succhiò come un uomo che non mangiava da giorni.

Michelle era così facile, da leggere. Ogni

gemito e sospiro, ogni movimento che faceva gli diceva cosa le piaceva e cosa desiderava di più. Lui si adeguò ai suoi desideri, leccandola più delicatamente e con movimenti più lunghi. Lei si bagnava ogni secondo di più e i suoi gemiti divennero sempre più forti e frequenti. Le mani di lei tiravano la canottiera e lui si accorse che stava sudando.

Nick sollevò la testa da lei e la aiutò a liberarsi del top e della gonna. Quando finalmente lei rimase nuda davanti a lui, lui la guardò con attenzione. Era sexy come il peccato stesso. E il fatto che lui indossasse ancora i pantaloni rendeva l'intera situazione ancora più eccitante.

Nick le prese la mano e la portò davanti ai pantaloni, premendola contro l'erezione che pulsava. «Senti cosa mi fai».

Michelle, tirando il suo labbro inferiore tra i denti, lo fece quasi venire, oppure fu il fatto che gli strinse l'uccello proprio in quel momento? Non importava. Contava solo liberarsi dei suoi vestiti, altrimenti ci sarebbe successo un disastro.

Si sollevò dal divano e si tolse le scarpe, poi aprì la cerniera e si sfilò i pantaloni. Quando infilò i pollici nella cintura dei boxer, incontrò i suoi occhi. Lei lo fissò con aperto desiderio.

«Sì, guarda il mio cazzo. Guarda cosa sentirai dentro di te tra poco». Lentamente abbassò i boxer e rivelò la sua erezione.

Quando vide lo sguardo di ammirazione e di trepidante attesa sul volto di lei, l'orgoglio gli si gonfiò dentro. Avrebbe fatto in modo che quello sguardo si trasformasse presto in uno di soddisfazione ed estasi.

Prendendo i pantaloni, estrasse un preservativo dalla tasca e strappò la confezione.

«Sei arrivato preparato».

Alle sue parole, lui spostò di scatto lo sguardo su di lei. Michelle si stava sollevando sui gomiti e i suoi capezzoli puntavano verso di lui.

«Non si può biasimare un ragazzo che spera di essere fortunato».

Lei sorrise dolcemente. «È così che lo chiami?».

Lentamente fece rotolare il preservativo sulla sua erezione. «Come lo chiameresti, allora?»

Michelle gli lanciò un'occhiata tagliente al suo uccello. «Forse sono *io quella che sta avendo fortuna*».

Nick gettò la testa all'indietro e rise. «Una donna come me». Poi abbassò un ginocchio sul divano. «Allora, dimmi, cosa ti piacerebbe? Sono aperto a suggerimenti, perché francamente, finché posso stare dentro di te, non mi importa in che modo sarà».

«Smetti di parlare». Lei si lasciò cadere di nuovo sui cuscini e piegò il dito, invitandolo ad avvicinarsi. «Lascia che ti senta».

«Sì, signora».

Con un sorriso che sicuramente sarebbe diventato permanente, Nick si abbassò tra le sue gambe, portando il suo cazzo al centro di lei. Guidandosi lungo il suo sesso umido, permise ai suoi umori caldi di ricoprire il preservativo.

Quando lei gemette e inarcò la schiena sul divano, lui fece scivolare il suo cazzo sul clitoride, stuzzicando il piccolo organo. Se avesse avuto un po' di autocontrollo, l'avrebbe finita leccandole il clitoride fino a farla venire, ma era una cosa che avrebbe dovuto tenere per un'altra volta, perché in questo momento non poteva aspettare un altro secondo per essere dentro di lei.

«Dimmi che vuoi il mio cazzo», chiese.

La sua mano si avvicinò e gli avvolse la nuca, tirandolo verso di sé. «Voglio sentire il tuo cazzo dentro di me. E se non lo fai subito, mi metterò a urlare!»

«Michelle, mettiamo in chiaro una cosa: urlerai in ogni caso», promise Nick e si tuffò dentro di lei, entrando fino a quando le sue palle non sbatterono contro la sua carne.

Osservò con soddisfazione maschile come i suoi occhi si chiudessero e tutta l'aria le uscisse dai polmoni, mentre stringeva il labbro inferiore tra i denti e con la mano stringeva intorno alla nuca di lui, con le unghie che si conficcavano nella sua carne. Anche quel po' di dolore era ben accetto.

Quando si ritrasse per spingere di nuovo, si tastò il fianco ferito, sentì il dolore al braccio e alle costole, notò che la borsa del ghiaccio stava scivolando lungo il braccio e la gettò via. Ci sarebbe stato tempo, più tardi, per applicare il ghiaccio sulle ferite. In questo momento, aveva bisogno di fare l'amore con la splendida donna sotto di lui. Questo era il suo unico obiettivo.

Spostando la maggior parte del peso sul lato non ferito e sorreggendosi sulle ginocchia e su un gomito, iniziò a muoversi dentro di lei. Dio, quanto era bella. Liscia, calda, accogliente. Lo avvolgeva come un guanto, come una benda stretta che accarezzava e calmava allo stesso tempo. I suoi muscoli interni erano stretti e forti e lo tenevano come una morsa.

Nick le scostò dal viso una ciocca di capelli biondo scuro e la fissò negli occhi. «Così bella». Eppure, lei era sua nemica, anche se non lo sapeva, non aveva la minima idea di chi fosse lui o del perché fosse qui. In un certo senso, questo la rendeva innocente. Lui era il predatore. Un predatore che non desiderava altro che compiacere la bellissima creatura tra le sue braccia. Che non voleva altro che farle provare piacere e soddisfazione. Che non desiderava altro che sentirla sottomettersi e concedersi a lui, anche se solo per qualche istante.

Gettò la testa all'indietro. Maledizione, non voleva che lei fosse il nemico. Non voleva doverla usare. E, in quel momento, non desiderò altro che sbagliarsi sul suo sospetto che Michelle fosse la persona che lo stava inseguendo online. Ma tutte le prove indicavano lei. Il ciondolo di Guy Fawkes che le penzolava al collo lo prendeva in giro, anche se chi lo portava non sapeva nulla dell'agitazione che gli stava causando.

«Oh Dio, Michelle!» Gridò e la prese più forte. Quasi come se volesse punirla, mentre in realtà voleva punire sé stesso.

«Nick! Oh sì!» Si dondolava contro di lui, il suo ritmo aumentava e il suo respiro era irregolare.

Lui staccò gli occhi dal ciondolo, cercando di non pensarci, e guardò invece il viso luminoso di Michelle. Sulla sua fronte si erano formate delle perle di sudore che davano alla sua pelle una lucentezza seducente. Le sue labbra erano dischiuse e lo invogliavano a catturarle per un altro bacio.

«Non ho ancora avuto il mio secondo bacio», mormorò.

A quel punto, dalle sue labbra scoppiò una risata sommessa. «Ma l'hai fatto». Lei abbassò lo sguardo e lui capì subito a cosa si riferisse.

«Oh, quello». Ammiccò. «È stato solo un assaggio veloce. Magari più tardi ne avrò uno più lungo?»

La mano di lei si avvicinò e gli passò l'indice sul labbro inferiore. «Fai sul serio?»

«Più serio di così non si può».

Prima che la sua coscienza potesse intervenire, le prese le labbra per un bacio intenso, rendendosi conto che stava facendo l'amore con Michelle perché era attratto da lei, non perché aveva bisogno di scoprire cosa sapesse. E perché non avrebbe dovuto essere attratto da lei? Era bella, sexy e piena di vita. E averla tra le sue braccia lo faceva stare bene. Era da un po' di tempo che non si sentiva così, che non sentiva di potersi lasciare andare e abbandonarsi a questo piacere fisico, senza doversi guardare alle spalle per vedere chi lo inseguisse.

Il modo in cui Michelle gli rispondeva faceva sì che tutto ciò che di maschile c'era in lui prendesse vita. Tra le sue braccia era solo un uomo, non l'ex agente della CIA che poteva vedere gli eventi futuri, non l'uomo che avrebbe ucciso per proteggere la propria vita e quella dei suoi colleghi agenti, quelli che si erano dovuti nascondere per sopravvivere. No, tra le braccia di Michelle era solo un uomo che voleva provare l'amore di una donna, anche se solo fisico e fugace. Ma aveva bisogno di questo, aveva bisogno di sentire la connessione dei loro corpi. Per sentirsi di nuovo vivo e non come il fantasma che era diventato.

Michelle gli stava dando questo, gli stava mostrando come sarebbe potuta tornare a essere, la vita, se solo avesse sconfitto i suoi nemici. Con il suo corpo allettante, Michelle gli diede ciò che desiderava di più: un luogo in cui essere al sicuro e ben accetto.

La prese sempre più forte, la sua ricerca di liberazione ora era più urgente. Spostò la sua angolazione, osservando i segnali di Michelle per assicurarsi che raggiungesse l'orgasmo con lui.

Dopo aver interrotto il bacio, sollevò la testa e la fissò negli occhi. Lei, con le palpebre pesanti, lo guardò.

«Piccola, mi fai sentire così bene. Così incredibile». Strinse la mascella, rendendosi conto dell'imminenza del suo orgasmo. «Ci sono vicino. Dimmi di cosa hai bisogno».

Lei si mosse verso di lui. «Più forte».

Lui assecondò il suo desiderio, tirando indietro i fianchi e sbattendo contro di lei con più forza. I muscoli del suo collo erano tesi, mentre cercava di mantenere il controllo, ripetendo l'azione ancora e ancora.

«Sì!» Esclamò lei e si sollevò dai cuscini, offrendogli i suoi seni.

Accettando l'offerta, abbassò il viso e prese un capezzolo duro nella sua bocca, chiudendo le labbra e succhiandolo. Sotto di lui, Michelle tremò e i suoi muscoli interni si strinsero su di lui, imprigionando il suo cazzo nel suo caldo canale.

Un brivido attraversò tutto il suo corpo e

un lampo di energia gli colpì le palle, inviando sperma caldo attraverso il suo cazzo. Esplose, unendosi a lei nel suo orgasmo, dondolando con lei mentre entrambi venivano con forza. Fluttuando beatamente, senza pensieri, senza preoccupazioni...

Respirando affannosamente, ricadde su di lei, con le ginocchia che gli tremavano per l'intensità dell'orgasmo, il cuore che correva come un treno in una folle corsa, il fianco e il braccio che ora gli facevano male.

Michelle buttò fuori un respiro. «Wow».

«Sì, wow», rispose Nick.

8

Nick diede un bacio ai capelli di Michelle. L'aveva tirata sopra di sé sul divano, non volendo schiacciarla con il suo peso. Gli piaceva la sensazione del suo corpo caldo mentre era sdraiata, rilassata e con un respiro regolare.

«Ti stai addormentando?» Le chiese ridacchiando.

«Mmm».

«Immagino di averti annoiato».

Lei sollevò la testa e gli sorrise. «Mi hai stancato, ecco cosa hai fatto, e lo sai». Premette di nuovo la guancia sul suo petto.

Gli piaceva il fatto che era facile parlare con lei. Se non fosse stato in fuga, non gli sarebbe dispiaciuto avere una ragazza come Michelle, magari anche per una relazione seria.

«Penso che tu l'abbia presa nel modo sbagliato. *Tu hai* stancato *me*».

Lei rise dolcemente e il suo respiro si posò sul capezzolo di lui, facendolo indurire in un istante, con sua grande sorpresa. Cazzo, ne voleva ancora. Prenderla solo una volta non era stato abbastanza.

«Ti stai lamentando?» Chiese lei.

Le diede un bonario schiaffo sul sedere. «Nessuna lamentela. Solo un'osservazione».

Lei si dimenò sopra di lui e lui le palpò il culo con entrambe le mani, impedendole di strofinarsi contro il suo cazzo.

«Continua a farlo e dovrò piegarti su quella poltrona e insegnarti le buone maniere», la avvertì e le diede un altro bacio sulla testa.

Lei sollevò la testa e rise. «Chi dice che non ho buone maniere? Non mi sono forse occupata delle tue ferite come una brava infermiera?»

Nick sollevò un lato della bocca in un sorrisetto. «Più che altro come una volpe maliziosa che mi attira nella sua tana per divorarmi. Ricorda, sono solo un ragazzo innocente dell'Indiana. Non ho difese, contro le donne esperte della città».

«Nemmeno tu ci credi. Non mi sembri innocente. E non sono stata io a sedurre. Ricordo chiaramente che sei stato tu a chiedere un bacio».

«È vero, ma non immaginavo che mi avresti strusciato addosso il tuo bel corpicino, facendomi perdere il controllo. E poi avevo intenzione di portarti fuori per un caffè, per cercare di conoscerti meglio». Guardò l'orologio. «Immagino che ora sia troppo tardi per questo. Ormai è l'ora di cena».

«Quindi volevi davvero chiedermi un appuntamento?»

«Certo che sì». Sollevò la mano, facendo un movimento ampio. «Credo di aver capito il contrario. Di solito il sesso viene dopo cena».

Le passò una mano tra i capelli, apprezzandone la sensazione setosa. «Tuttavia, se non hai obiezioni, vorrei portarti fuori a cena adesso».

I suoi occhi si allargarono. «Vuoi dire, anche se hai già ottenuto quello che volevi?».

«Chi dice che l'ho fatto?» Le fece l'occhiolino.

«Di solito gli uomini spariscono, una volta che si sono portati a letto una ragazza».

«Per come la vedo io, non siamo a letto». Accarezzò il cuscino del divano. «Credo che questo sia un divano. E chi dice che voglio solo sesso? Penso che ti staresti svendendo, se lo pensassi».

Guardò profondamente i suoi occhi blu e sentì che il suo cuore iniziava a battere senza controllo. Non le stava mentendo. Lei aveva davvero molto da offrire, all'uomo giusto. Sfortunatamente, lui non era quell'uomo, anche se, se le circostanze fossero state diverse, si chiese se avrebbe potuto esserlo.

«Sai davvero come usare il tuo fascino», disse Michelle.

«Faccio del mio meglio». Poi le diede un

altro schiaffo sul sedere. «Ora, che ne dici di quell'appuntamento a cena o volevi solo usarmi per fare sesso e poi buttarmi fuori a calci nel sedere?»

Per troppo tempo lei lo guardò, contemplando la sua risposta. Lui si spostò, con il battito accelerato. Cosa le passava per la testa, in questo momento? È meglio prendere il toro per le corna e cambiare le cose.

«Oh, mio Dio, devi davvero pensarci!? Bel modo per aumentare l'autostima di un uomo». Si tirò su a sedere, ridendo, quando Michelle iniziò a sghignazzare.

«Scusa, non ho potuto farne a meno. Adoro quando un uomo si agita e diventa insicuro».

Nick le diede un bacio sul naso. «Sei una donna strana, Michelle».

Lei aprì la bocca per protestare, ma lui le mise un dito sulle labbra, fermandola.

«Proprio come io ho dei gusti molto particolari».

Quando i suoi occhi si ammorbidirono e

le sue labbra si incurvarono, capì di aver vinto.

«Ho tempo per una doccia prima di cena?» Lei chiese.

«Prenditi tutto il tempo che ti serve».

Lei si sollevò e si mise in piedi. Non poté fare a meno di scorrere gli occhi sul suo corpo, ammirando il suo seno sodo, la sua vita sottile e i suoi fianchi morbidi, le sue lunghe gambe e tutto ciò che c'era in mezzo. Quando lei si girò e gli mostrò il suo sedere formoso, lui gemette, desiderando di poter fare la doccia con lei, ma aveva qualcosa di più importante da fare.

«Ti dispiace se accendo la TV, mentre ti fai la doccia?» Le chiese.

Michelle si guardò alle spalle e indicò il tavolino. «Se riesci a capire il telecomando, serviti pure».

Nick prese il dispositivo nero e le lanciò un'occhiata di scherno. «Sono un uomo. Abbiamo inventato i telecomandi».

Scuotendo la testa, Michelle sparì nel corridoio. Qualche istante dopo, sentì l'acqua scorrere nella doccia.

Nick si alzò di scatto, premette il pulsante di accensione della TV e alzò il volume, senza nemmeno guardare quale canale fosse in onda. Raccolse i suoi vestiti e si vestì in quindici secondi. Ora era pronto.

Scrutò rapidamente il soggiorno, sapendo istintivamente che non ci avrebbe trovato nulla di importante. Tuttavia, fece comunque una ricerca sommaria nei pochi cassetti e sulle superfici. Non trovò nulla. La tappa successiva fu la camera da letto di Michelle. La porta era di fronte a quella del bagno, che fortunatamente Michelle aveva chiuso. Nick aprì la porta della camera da letto ed entrò.

Non c'era molto: un letto matrimoniale, un comò, dei comodini, alcuni scatoloni lungo una parete. L'armadio a muro era piccolo e pieno di vestiti, non c'erano documenti né apparecchiature elettroniche. Ascoltando continuamente i rumori provenienti dal bagno, Nick continuò la sua ricerca, aprendo il cassetto di un comodino. Era pieno di biancheria intima. Rovistò tra i vari cassetti, ma saltò fuori solo lingerie.

Girò intorno al letto e cercò nell'altro

comodino. Diverse confezioni di preservativi sfusi lo accolsero, insieme a fazzoletti e lubrificante. Nick sorrise involontariamente. Era bello sapere che Michelle aveva delle scorte extra, nel caso in cui avessero usato i pochi preservativi che aveva portato lui.

Da un rapido esame degli scatoloni non emersero altro che libri e vecchie foto. Controllò l'orologio: Michelle era entrata in bagno tre minuti prima. Avrebbe avuto tutto il tempo per esaminare il resto dell'appartamento. Uscì dalla camera da letto e si diresse verso il corridoio. Lì, sotto il tavolino, giaceva la borsa del computer. Si accovacciò e la aprì, lanciando un rapido sguardo alla porta del bagno e ascoltando con attenzione. L'acqua scorreva ancora.

La borsa conteneva un computer portatile, diversi cavi, oltre a blocchi per appunti, penne e l'etichetta del prodotto della borsa stessa. Estrasse il portatile dal suo scomparto e lo aprì. Anche se era quasi certo che Michelle non avrebbe lasciato il suo computer senza protezione, doveva scoprire se, per qualche fortunato caso, non fosse protetto da una password.

Avviò l'apparecchio, tamburellando con le dita sulla coscia, mentre aspettava con impazienza che la ruota smettesse di girare. Quando lo schermo si riempì di colori e gli fu chiesto di inserire una password, non ne fu sorpreso. Sarebbe stato troppo facile. Avviò rapidamente lo spegnimento e mise da parte il computer, cercando ancora una volta nella borsa. Doveva esserci qualcosa.

Sfogliò il blocco note, ma a parte alcuni scarabocchi che sembravano una lista della spesa, non trovò nulla. Nel momento in cui il computer si spense, lo fece scivolare di nuovo nella borsa. Non voleva entrare fino in fondo, quindi lo tirò fuori di nuovo e controllò. Trovò un pezzo di carta sul fondo dello scomparto e lo guardò. Si trattava della garanzia del produttore di una chiavetta.

Ma dove si trovava?

Dopo aver rimesso il computer nella borsa e averla chiusa, Nick si alzò. Lo sguardo gli cadde sul tavolino, dove Michelle aveva gettato le chiavi quando erano entrati nel suo appartamento. Raccolse il portachiavi. Non solo conteneva diverse chiavi, ma da esso pendeva anche una chiavetta USB.

«Presa», mormorò.

L'eco improvvisa della sua voce lo fece trasalire. In quel momento si rese conto che l'acqua non scorreva più. Michelle aveva finito la sua doccia. Non aveva mai conosciuto una donna così veloce.

Merda!

9

Michelle avvolse il grande asciugamano da bagno intorno al suo corpo ancora umido e ne rimboccò un'estremità per tenerlo fermo. I capelli erano ancora bagnati, ma li aveva pettinati. Considerando il caldo di Washington, si sarebbero asciugati in un attimo. Con un'ultima occhiata allo specchio, girò la maniglia e aprì la porta.

Trovò Nick seduto sul divano, vestito di tutto punto, che guardava la TV. Girò la testa.

«Ehi», la salutò con un bel sorriso.

«Ci metto ancora un minuto», gli disse. Il suo sguardo cadde sulla TV e lei dovette guardare due volte. «Stai guardando il canale Hallmark?». Quale ragazzo lo faceva? Nick era un vero romantico con il quale poteva davvero guardare storie d'amore sdolcinate in TV? Era troppo bello per essere vero.

Nick prese frettolosamente il telecomando. «Uh, no, ah, in realtà stavo solo navigando tra i canali, cercando di trovare ESPN». Premette un tasto e il canale cambiò. Poi passò a quello successivo, come per dimostrare che aveva detto la verità.

Michelle ridacchiò. «Certo che sì». Si girò verso la camera da letto.

«Lo stavo facendo!» Le gridò dietro. «Stavo cercando una trasmissione sportiva».

Lei non rispose e andò in camera da letto, chiudendosi la porta alle spalle. Mentre lasciava cadere l'asciugamano sul letto e frugava nell'armadio per trovare qualcosa di appropriato da indossare, sorrise tra sé e sé. Nick era insolito, doveva riconoscerlo. Quando avevano fatto l'amore, era stato intenso ed esigente, ma allo stesso tempo si era dimostrato un amante molto premuroso, che non solo si prendeva cura delle sue esigenze, ma sembrava avere davvero bisogno di soddisfarla. E l'aveva fatto. L'aveva soddisfatta. Immensamente.

Ma fuori dal letto, Nick era diverso: più gentile, più dolce, quasi timido. Ed era sembrato imbarazzato, quasi arrossito, quando lei lo aveva sorpreso a guardare una storia d'amore fatta per la TV, come se non volesse rivelare quel lato più tenero di sé. Un lato che a lei piaceva molto.

Michelle indossò un sottile abito estivo e prese un cardigan abbinato dalla gruccia. Optò per i tacchi alti, volendo sentirsi sexy stasera. Si guardò nello specchio a figura intera all'interno dell'armadio e si mise a volteggiare davanti ad esso. Sembrava decisamente presentabile.

Facendo un respiro profondo, uscì dalla camera da letto e tornò in salotto. La TV era spenta e Nick non era più seduto sul divano. Si girò intorno. Se n'era andato senza di lei?

«Nick?»

I passi provenienti dalla cucina la fecero voltare. Lui tornò nel soggiorno, facendo un cenno con il pollice sopra la spalla.

«Spero che non ti dispiaccia. Mi sono servito di un po' d'acqua».

Sollevata, espirò. «Certo che no. Mi dispiace, avrei dovuto offrirti qualcosa da bere, prima. Sono una pessima padrona di casa».

Si avvicinò a lei, con gli occhi che la fissavano. «Oh, non direi proprio. Sei stata molto accogliente». Le rivolse un'occhiata ammiccante che le fece tremare le ginocchia.

Si pulì le mani improvvisamente umide sul vestito, agitandosi.

«Sei molto bella», mormorò Nick, avvicinandosi di un altro passo che li portò a contatto petto contro petto. Con l'indice le alzò il viso. «Assolutamente stupenda, in effetti». Sfiorò le sue labbra con un bacio leggero come una piuma. «Ora mi stai facendo venire una gran fame».

Deglutì a fatica, sapendo che non stava parlando di cibo. E improvvisamente non le importava più della cena.

Nick la colse di sorpresa quando fece un passo indietro e le prese la mano. «Andiamo a fare il nostro primo appuntamento, che ne dici?»

Quasi delusa dal fatto che non l'aveva buttata a terra sulla superficie piana più vicina, lo seguì fino alla porta. Lui prese il piccolo zaino che aveva gettato lì quando era entrato a casa sua e aprì la porta. Girandosi verso il tavolino, Michelle prese le chiavi e le infilò nella borsa, poi se la mise a tracolla sul busto e seguì Nick all'uscita, lasciando che la porta si chiudesse alle sue spalle.

L'aria afosa la accolse quando uscì e camminò sul marciapiede accanto a Nick. Anche se era ancora giorno e lo sarebbe stato ancora per qualche ora, nel cielo pendevano nuvole scure e lei poteva quasi sentire l'odore del temporale in arrivo.

«Dove mi stai portando?» Chiese lei, lanciandogli un'occhiata con la coda dell'occhio.

Nick indicò la distanza. «Sono solo tre isolati. Ti va bene camminare con quelle scarpe o preferisci prendere un taxi?»

La sua preoccupazione la commosse. «Posso camminare, non c'è problema».

«Bene». Fece una pausa. «Parlami un po' di te, Michelle. Sono curioso di conoscere la tua vita. Sei di Washington?»

Esitando a rivelare qualcosa di sé, chiese: «Stiamo facendo il gioco delle venti domande?»

«No, ma *siamo* al nostro primo appuntamento e da quello che ricordo dei primi appuntamenti, le persone si raccontano cose, tipo da dove vengono, qual è il loro colore preferito, cose del genere».

«Da quello che ricordi?»

«È passato un po' di tempo dall'ultima volta che ho avuto un appuntamento», ammise, sembrando quasi imbarazzato.

«Quanto tempo?»

«Troppo a lungo, credo, visto che sembra che le regole siano cambiate, dall'ultima volta che ne ho avuto uno».

«Le regole non sono cambiate», ammise lei. «È solo che non vado a molti appuntamenti».

«Beh, siamo una coppia, no?» Le strinse la mano e se la portò alla bocca, dandole un rapido bacio sulle nocche. «Allora, che ne dici se inizio con qualcosa per rompere il ghiaccio?»

«Credo che abbiamo già rotto il ghiaccio, prima».

Nick si lascia andare a una risata di pancia. «Sei davvero speciale, Michelle. Mi sorprende che nessun ragazzo ti abbia ancora conquistato. Le ragazze come te non rimangono a lungo senza legami».

Lei scrollò le spalle. «Non sono proprio il tipo di ragazza che cerca qualcosa di permanente». Era una bugia, ovviamente, che doveva ripetere a sé stessa, da un po' di tempo a questa parte. La sua vita era troppo caotica, per pensare di sistemarsi a breve.

«Mmm». Nick la guardò con la coda dell'occhio.

Per colmare la pausa imbarazzante che si stava creando tra loro, Michelle chiese con disinvoltura: «Allora, cosa volevi dirmi, di te, per rompere il ghiaccio?».

«Quello che faccio per vivere. Ma se non ti interessa, possiamo parlare di altro».

«No, no, ti prego. Dimmi cosa fai».

«Probabilmente sembrerà noioso. Forse dovrei inventarmi qualcosa».

Lei smise di camminare e si girò verso di lui. «No, ti prego, non farlo. Non può essere così noioso. Inoltre, non devi impressionarmi. Mi hai già portato a letto, ricordi?»

«Come potrei dimenticarmene?» Lui le fece l'occhiolino e le prese di nuovo la mano per continuare a camminare. «Lavoro con i computer».

«Facendo cosa?»

«Realizzo siti web per le persone. Per lo più piccole imprese. Non è un brutto lavoro e sono piuttosto bravo».

«È fantastico. Lavori per conto tuo, quindi?»

Annuì. «Appaltatore indipendente. Preferisco questo all'essere legato a qualche azienda e dover rendere conto a un capo».

«Sì». Come lei doveva rendere conto al signor Smith. E lei lo odiava, odiava che lui la stesse ricattando.

«E tu? Cosa fai?»

«Consulenza», rispose lei. «Ma sto cercando di cambiare».

Per esempio, fuggire dal paese e sparire non appena fosse riuscita a organizzare tutto e ad assicurarsi che il signor Smith non potesse rintracciarla. Fino ad allora, doveva seguire le sue regole ed eseguire i suoi ordini.

10

A Nick sembrò che la chiavetta bruciasse, nella tasca dei pantaloni, durante l'intera cena nell'accogliente ristorante del quartiere italiano in cui aveva portato Michelle. In qualche modo doveva trovare un modo per guardare il contenuto della chiavetta, copiarlo e rimetterlo nel portachiavi di Michelle prima che lei se ne accorgesse. Questo significava che doveva continuare a comportarsi in modo affascinante affinché Michelle lo invitasse a casa sua dopo cena.

Non fu affatto difficile. Era divertente, stare in compagnia di Michelle. Aveva la battuta pronta e la lingua tagliente, un senso dell'umorismo malvagio e una risata contagiosa. Eppure, a ogni risata che condividevano, a ogni contatto visivo che si creava, la sua coscienza sporca cresceva. Tuttavia, non aveva altra scelta se non continuare il suo inganno. Michelle poteva essere la chiave delle informazioni di cui aveva bisogno, informazioni che avrebbero potuto salvare non solo lui e i suoi colleghi agenti dello Stargate, ma forse migliaia, se non milioni, di persone. Non poteva permettere che i suoi sentimenti intralciassero il bene comune.

Se Michelle era la persona che stava cercando di impedirgli di accedere ai server segreti della CIA, allora sapeva qualcosa e sarebbe stata in grado di condurlo alla persona che aveva distrutto il programma Stargate e ucciso Henry Sheppard.

«Prendi il dessert?» Chiese Nick, guardando Michelle dall'altra parte del tavolo.

Lei scosse i suoi capelli biondo scuro. «Sono troppo piena».

«Sei sicura?»

«Assolutamente. Che ne dici di andarcene da qui?»

Lui si chinò sul tavolo, abbassando la voce a un mormorio seducente. «Non voglio che la serata finisca ancora».

Lei sbatté le ciglia. «Non è necessario».

Le parole di lei gli fecero correre un brivido nel cuore e lui scosse la testa di lato, incrociando lo sguardo del cameriere. «Il conto, per favore».

Quando il cameriere gli mise il conto davanti, Nick estrasse diverse banconote dal portafoglio e le posò sul piccolo vassoio.

«Paghi sempre in contanti?» Chiese Michelle.

«Mi hanno rubato la carta di credito, la settimana scorsa. Sto aspettando che la banca mi invii una carta sostitutiva», mentì.

In realtà, non usava le carte di credito, se poteva evitarlo. I contanti erano molto più difficili da rintracciare e più sicuri, se si voleva rimanere fuori dalla rete.

«Pronta?» Chiese a Michelle e si alzò, porgendole la mano per aiutarla ad alzarsi.

«Pronta».

Mentre si dirigevano verso l'uscita, Nick osservò le indicazioni per i bagni. Era il momento giusto, altrimenti le cose si sarebbero potute mettere male, in seguito. Si fermò.

«Scusa, ti dispiace se mi fermo alla toilette?».

«No, vai pure. Anzi, vado anch'io».

Nick si diresse verso il bagno degli uomini e si infilò nel primo stallo. Si sedette sul water, tirò fuori dalla borsa il suo portatile e lo avviò, mentre tirava fuori dalla tasca la chiavetta. Nel momento in cui il computer si avviò, lo sbloccò con la sua password, inserì la chiavetta nella porta e copiò l'intero contenuto sul suo disco rigido. Non ebbe il tempo di guardare ciò che aveva copiato, e non si preoccupò nemmeno di spegnere il computer correttamente o di espellere la chiavetta in modo sicuro, semplicemente chiuse il portatile ed estrasse la chiavetta dalla porta.

Pochi secondi dopo, lasciò il box e uscì dal bagno.

Michelle lo stava già aspettando. Sorrise. «Ti ho battuto sul tempo».

Nick scosse la testa incredulo. «Puoi far venire dei complessi a un uomo, lo sai?». Le mise un braccio intorno alla vita e la guidò verso la porta del ristorante.

La cameriera aprì per loro. «Grazie per la vostra visita».

«Buonanotte», rispose Nick e uscì nel momento in cui un fulmine squarciò il cielo. Solo un secondo dopo, un tuono risuonò sopra di lui e le nuvole si aprirono, scaricando gocce di pioggia grosse come piselli.

«Dannazione!» Michelle imprecò, fermandosi sotto il tendone di fronte al ristorante.

Nick guardò il suo sottile vestito estivo, che molto probabilmente sarebbe diventato trasparente, una volta inzuppato. E anche se a lui non sarebbe dispiaciuto quel particolare tipo di vista, era sicuro che lei non l'avrebbe apprezzato.

«Credo sia meglio cercare un taxi».

«Ovviamente non hai mai provato a prendere un taxi durante un acquazzone a

Washington». Lei scosse la testa. «Resteremo qui tutta la notte. Direi di fare una corsa».

La guardò con un nuovo apprezzamento per il suo atteggiamento senza fronzoli. «Sei sicura?»

«Hai paura?»

«No, sono solo un gentiluomo». Lui sorrise e le prese la mano. «Ma dato che è evidente che non ti interessano le buone maniere da gentiluomo, mi sottometterò ai tuoi desideri».

Michelle gli fece l'occhiolino. «Sottomettere, eh?»

Lui alzò gli occhi al cielo. «Non farti venire strane idee!»

Le strinse la mano e i due uscirono di corsa dal rifugio della tettoia protettiva, correndo lungo il marciapiede. Immediatamente furono inondati dall'alto, come se fossero entrati in un box doccia, mentre le auto di passaggio li schizzavano di lato. Non c'era modo di sfuggire all'acqua.

Per fortuna, Nick sapeva che il suo computer era ben protetto nella sua custodia impermeabile e antiurto all'interno dello zaino.

Non impiegarono più di quattro minuti per coprire la distanza dal ristorante all'appartamento di Michelle. Quando Michelle aprì la borsetta per cercare le chiavi, dopo aver raggiunto l'ingresso principale del suo appartamento, Nick allungò la mano e gliele prese.

«Mi permetta, milady!» Disse, in modo galante, e si inchinò nel tentativo di distrarla.

«Stai giocando a fare il cavaliere, vero?»

Si girò verso la porta, nascondendo quello che doveva fare dando le spalle a Michelle. «In realtà sono un cavaliere in un'armatura scintillante», disse scherzando, guadagnando più tempo per riagganciare la chiavetta al portachiavi. Un istante dopo girò la chiave nella serratura e aprì la porta.

Michelle si precipitò dentro e lui la seguì, scrollandosi di dosso l'acqua in eccesso dai capelli e dal corpo mentre la porta si chiudeva alle sue spalle. Michelle stava già salendo le scale, ansiosa di raggiungere il suo appartamento, e lui si affrettò a seguirla.

Il suo vestito bagnato mostrava ogni curva del suo corpo, aderendo a lei come una seconda pelle. Attraverso di esso, poteva vedere che sotto indossava solo un perizoma, senza reggiseno. La vista glielo fece diventare duro in un istante.

Arrivato alla porta del suo appartamento, Nick tirò Michelle tra le braccia, incapace di trattenere il suo desiderio per lei ancora per un momento.

«Sai quanto sei sexy in questo momento?»

«Sembro un topo affogato», dichiarò lei, ridendo.

«Un topo affogato molto sexy», concesse lui e la spinse contro la porta, affondando le labbra sulla sua bocca calda. Le sue labbra si aprirono immediatamente, permettendogli di baciarla senza ritegno. La lussuria ribolliva in lui. Raccogliendo tutto il suo residuo autocontrollo, interruppe il bacio, respirando a fatica.

«Sarà meglio entrare, prima di dare ai tuoi vicini uno spettacolo che non dimenticheranno mai». La superò e inserì la chiave nella serratura.

«Hai una cattiva influenza su di me», disse Michelle, ma lo scintillio nei suoi occhi confermò che non la considerava una cosa negativa.

Nick aprì la porta e la spinse dentro. Gettò le chiavi sul tavolino e chiuse la porta con un calcio, prima di posare lo zaino. Poi la spinse contro il muro accanto alla porta del bagno.

«Sì, un'influenza davvero negativa», borbottò lui e le schiacciò le labbra con le sue.

11

I vestiti le si appiccicavano addosso e Michelle sapeva di avere un aspetto terribile, ma non importava, perché Nick la fece sentire bellissima. La sua bocca era affamata, sulla sua, le sue mani desiderose di liberarla dai vestiti bagnati, il suo bacino dondolava contro di lei con un'urgenza e un ritmo che non lasciavano nulla all'immaginazione.

Con mani tremanti gli strattonò la maglietta, spingendola verso l'alto, in modo da poter far scorrere le mani sulla sua pelle nuda e accarezzarlo. Lui rabbrividì sotto il suo tocco, provocando un brivido in lei per la consapevolezza di poter mettere in ginocchio quell'uomo.

Per un breve istante, Nick le lasciò le labbra e si tirò la maglietta sopra la testa, scoprendo il suo torso muscoloso. La libidine le salì dentro, facendo sì che il calore liquido si riversasse nel suo sesso. Le mani di Nick si posarono sul suo vestito, slacciandolo sul retro e spingendo il tessuto in basso fino alla vita. Un'altra spinta e il vestito scivolò oltre i suoi fianchi e cadde ai suoi piedi.

I suoi capezzoli erano dei picchi duri, esposti alla sua vista, perché non indossava il reggiseno. I suoi occhi divennero di fuoco, quando la fissò, mentre le sue mani già raggiungevano i suoi seni, li toccavano, le nocche scivolavano sulla sua pelle umida, facendola rabbrividire tutta.

«Cazzo, piccola!»

Poi la sua bocca fu di nuovo sulla sua, le sue mani le impastavano i seni, stuzzicando i capezzoli, mentre più in basso strofinava la sua erezione contro il suo centro. Ma c'era ancora troppo tessuto tra loro. Voleva che tutte quelle barriere fossero eliminate. Aveva bisogno di un contatto pelle contro pelle, aveva bisogno di sentirla il più vicino possibile.

Lei si spinse contro di lui, lo fece indietreggiare un po' per permetterle di raggiungere il bottone dei suoi pantaloni. Lo aprì e poi passò alla cerniera.

«Dannazione, Michelle», imprecò quando lei gli abbassò i pantaloni e i boxer fino alle cosce e liberò la sua asta desiderosa. «Non durerò a lungo».

«Non mi interessa».

Gli spinse i pantaloni fino alle caviglie e, facendolo si abbassò, finché la sua testa non fu all'altezza del suo cazzo. Dio, era bellissimo. Pieno di sangue, con le vene spesse che gli serpeggiavano ai lati, la sua erezione richiedeva tutta la sua attenzione. Con impazienza, avvolse la mano intorno alla radice, afferrandolo saldamente in modo che non potesse scappare.

Nick gemette. Lei alzò lo sguardo e lo vide appoggiarsi al muro dietro di lei con entrambe le mani, con gli occhi fissi su di lei.

«Se hai intenzione di farlo», disse rauco,

«allora fallo in fretta finché mi rimane un briciolo di controllo».

A giudicare dai muscoli del collo tesi, non ci sarebbe voluto molto, prima che perdesse il controllo di sé. Già ora Nick sembrava un pezzo di pasta nelle sue mani, un pezzo di pasta duro come la roccia. E quella sensazione le piaceva molto. Anzi, amava il potere che le dava. Il potere di far arrendere un uomo.

«Mmm». Michelle passò la lingua sulla cappella violacea della sua splendida asta e raccolse l'umidità che vi si era accumulata. Il sapore salato si diffuse nella sua bocca, rendendola affamata di altro.

Nick emise un respiro tremante, mentre i suoi fianchi sussultavano verso di lei. «Ho bisogno... ho bisogno di...»

Lei sapeva di cosa avesse bisogno e glielo diede. Le sue labbra avvolsero la punta della sua erezione. Lentamente, con la lingua lungo la parte inferiore dell'uccello, si abbassò su di lui, prendendolo in bocca il più profondamente possibile.

Un forte gemito rimbalzò sulle pareti del piccolo ingresso.

Con delicatezza, Michelle lasciò che il suo cazzo si ritirasse da lei, prima di scivolare di nuovo su di lui. La sua mano rimase alla base, guidandolo dentro e fuori. Ad ogni discesa e ad ogni ritirata aumentava la velocità e la pressione. I fianchi di Nick si flettevano nella direzione opposta a quella di lei, il suo cazzo spingeva nella sua bocca, mentre lei lo succhiava più a fondo.

«Cazzo! Michelle!» Esclamò, gettando la testa all'indietro. «Devi smetterla».

Ma nonostante la sua appassionata supplica, Nick continuò a muovere i fianchi avanti e indietro, scopando freneticamente la bocca di lei. Lei leccava e succhiava avidamente, muoveva la mano su e giù per la lunga verga, pronta a prendere ciò che lui era disposto a darle, quando lui si tirò indietro all'improvviso.

Lo sguardo di lei si alzò verso di lui e lo vide respirare pesantemente. «Ho bisogno di un preservativo. Ora!» Lui la raggiunse e la tirò su. «Ne hai uno?»

Lei fece cenno alla porta del bagno. Prima che lui potesse muoversi - ostacolato dai pantaloni alle caviglie - lei era già in bagno, a rovistare in un cassetto. Quando si girò, con il preservativo in mano, lui era dietro di lei, completamente nudo.

Prese il preservativo dalla mano di lei, aprì la confezione con i denti e fece rotolare il lattice sul suo cazzo, chiudendo brevemente gli occhi e serrando la mascella, mentre lo faceva. Poi la bloccò con gli occhi.

«Girati», ordinò burbero, indicando il lavandino.

Senza protestare, lei si girò. Un istante dopo le mani di lui erano su di lei, e la piegarono sul piano del bagno.

Michelle sollevò la testa e osservò nello specchio come i suoi occhi pieni di passione si posavano sul suo sedere. Con forte respiro, infilò i pollici nell'orlo del perizoma e lo tirò giù fino alle cosce.

Poi i loro occhi si incontrarono nello specchio.

Sentì la punta del suo uccello all'ingresso bagnato, spingendo le sue piccole labbra per aprirle. La sua mascella si strinse un attimo prima che lui si tuffasse in lei, posizionandosi in profondità.

Michelle sussultò per l'impatto, ma le mani di Nick sui suoi fianchi la tenevano così stretta che non sbatté contro il bancone, nonostante la sua mossa decisa.

«Vedi cosa mi fai?» mormorò lui e si ritrasse, solo per spingersi di nuovo dentro di lei con ancora più forza.

«Pensavo che ti piacesse», lo stuzzicò, adorando la consapevolezza di farlo impazzire. Le piaceva questo lato di lui, tanto quanto le piaceva il suo lato tranquillo e da ragazzo della porta accanto.

«Lo adoro», confessò lui, incontrando i suoi occhi nello specchio. «Troppo, in effetti. Ora ne pagherai il prezzo, piccola».

Era un prezzo che non aveva problemi a pagare. Le piaceva il modo in cui lui la prendeva, come un uomo che sapeva cosa voleva e non accettava un no come risposta. Come un uomo abituato a seguire i suoi ordini. Il suo burbero comando di girarsi non l'aveva minimamente spenta. Al contrario, l'aveva eccitata. Essere dominata in questo modo la eccitava, la rendeva selvaggia e risvegliava in lei qualcosa di primordiale, qualcosa di completamente femminile.

«Sì, prendimi!» Gridò, senza preoccuparsi di sembrare disperata o sottomessa. Tutto ciò che desiderava era essere presa da lui, sentirlo stantuffare dentro di lei con il suo cazzo fino a quando nessuno dei due sarebbe più riuscito a muoversi.

«Sì, ti prendo», promise lui, passando una mano intorno al fianco di lei per farla scivolare sul davanti.

Un dito bagnato sul suo clitoride la fece sussultare di piacere. Il suo respiro caldo all'orecchio, che sussurrava, le fece chiudere gli occhi in attesa.

«Ti scoperò finché non verrai, e poi lo farò ancora, e ancora, e ancora. È questo che vuoi, Michelle, che io ti prenda in questo modo?»

«Sì», soffocò con un respiro corto. «Oh Dio, sì!»

Da quel momento perse la capacità di formare un pensiero coerente. Tutto ciò che sentiva era il cazzo di Nick che scivolava dentro di lei da dietro, mentre le sue dita strimpellavano il suo clitoride come se fosse uno strumento a corda da cui voleva trarre un suono.

Quando finalmente arrivò quel suono, fu un grido di sollievo che le uscì dalle labbra, mentre il suo corpo tremò sotto la forza dell'orgasmo. Poco prima di crollare, sentì il cazzo di Nick contrarsi dentro di lei e un forte gemito accompagnò il suo orgasmo.

Iniziava sempre con qualcuno che gli porgeva un grande bicchiere di tè freddo. Questa volta non fu diverso. La mano, avvolta intorno all'invitante bevanda, si fece notare, anche se la persona a cui apparteneva non lo fece mai.

Nick cercò di forzare la testa a girarsi, questa volta, ma il suo corpo non gli obbedì. Vide solo il liquido fresco di cui aveva disperatamente bisogno e fece per prenderlo.

Non berlo! Cercò di gridare a sé stesso. Ma nessun suono gli uscì dalle labbra.

Invece, sollevò il bicchiere alle labbra e

trangugiò il tè freddo finché non rimasero solo i cubetti di ghiaccio. Per un attimo chiuse gli occhi, godendosi l'effetto rinfrescante della bevanda, ma era solo temporaneo.

Sapeva dove si trovava, eppure non lo sapeva. La terrazza di una grande casa. Un giardino al di là. Poi la riva. Onde che si infrangevano sulle rive. Non un oceano. Forse un lago?

Guardò l'acqua, seguendo le increspature della sua superficie.

Solo cinque barche a vela erano in acqua, nonostante il sole e l'ampio vento che gonfiava le loro vele e le spingeva in avanti. Perché solo cinque, quando l'intero lago, se fosse stato un lago, avrebbe dovuto essere pieno di attività? Quando le case a destra e a sinistra avevano tutte dei moli per le barche e degli yacht che aspettavano di essere portati in acqua? Per divertirsi.

Sapevano quello che sapeva Nick? Avevano percepito anche loro l'imminente destino? Erano già fuggiti, sapendo che era troppo tardi per cambiarne l'esito?

«Ti prego, non farlo», implorò Nick.

Da dietro di lui, una voce rispose: «È fatta».

Ma non poteva accettarlo. Doveva fare ciò che andava fatto.

Il suo portatile era posato sul tavolo di legno, con diverse finestre aperte. I codici verdi del computer scorrevano in una finestra nera così velocemente che sembrava piovessero numeri e lettere.

I suoi occhi si annebbiarono e cercò di metterli a fuoco, di dare un senso a tutto questo. Ma il suo sguardo si spostò sull'altra finestra, quella che mostrava un video di un grande edificio di cemento. L'angolazione era così stretta che non riuscì a capire dove si trovasse l'edificio. Avrebbe potuto trovarsi nel bel mezzo di una città o in un deserto e Nick non l'avrebbe mai saputo.

In una terza finestra, un orologio scorreva all'indietro.

Interrompere. Le sue labbra formarono la parola automaticamente. Doveva fermarlo. Salvare il salvabile.

Con la coda dell'occhio, notò le vele

bianche che gli sfrecciavano accanto. Girò la testa nella loro direzione e le vide combattere contro il vento crescente. Ma sapeva che se non avesse fermato il conto alla rovescia, avrebbero dovuto lottare contro qualcosa di ancora più forte del vento. E avrebbero perso.

«Interrompi», sussurrò e sollevò le mani verso la tastiera, notando all'improvviso quanto fossero pesanti, come se fossero piene di piombo. Come mattoni, si posarono sui tasti, creando una fila di parole incomprensibili tra i codici che scorrevano.

Costrinse il mignolo a premere il tasto di *esc* per cancellare la digitazione, ma il dito non si mosse, non eseguì l'ordine impartito dal cervello.

Fallo, dannazione! Nick avrebbe voluto urlare, ma la sua lingua era spessa e fiacca.

Si fissò le mani, riuscendo a malapena a metterle a fuoco. Sembravano congelate, paralizzate.

Il suo cuore iniziò a battere forte. Cercò più volte di muovere le dita, ma non ci riuscì. Fallì, non solo con sé stesso, ma anche con i suoi colleghi agenti Stargate e con il suo Paese.

Nick trattenne il respiro, come faceva sempre. Ma per quante volte avesse avuto questa visione, non aveva mai distolto lo sguardo, sperando sempre, contro ogni speranza, che questa volta l'esito sarebbe stato diverso. Non fu così.

L'esplosione sullo schermo fu di proporzioni enormi. L'onda d'urto raggiunse l'acqua pochi istanti dopo, facendo schizzare le barche fuori dalla loro rotta e in aria, schiacciandole come se fossero fatte di fiammiferi. Pezzi di tela delle vele volarono come piccoli uccelli nell'aria agitata.

Ma a quel punto l'onda d'urto raggiunse anche Nick, che fu sbalzato in aria e catapultato verso il muro. Per una frazione di secondo, prima di colpirlo, vide la casa in cui si trovava: una villa, anche se non era la sua.

«Nooooo!»

Il suo stesso urlo lo distolse dalla visione. Bagnato di sudore, si sedette. Intorno a lui c'era il buio. Era a letto. Accanto a lui, qualcuno si mosse.

«Nick?» Era la voce di una donna in preda al panico.

Respirando a fatica, cercò di concentrarsi, di ricordare dove si trovava. Ci mise tre secondi per orientarsi.

«Sto bene», disse, trascinando già le gambe fuori dal letto per sedersi sul bordo. «È solo un brutto sogno. Torna a dormire, Michelle».

Sentì la mano di lei sulla schiena e istintivamente si scostò.

«Ma tu...»

«Sto bene». Si alzò di scatto. «Faccio una doccia, se non ti dispiace, poi me ne vado».

Prima che Michelle potesse protestare, lui uscì dalla camera da letto e si chiuse la porta alle spalle. Fuori, nel corridoio, si passò una mano tremante tra i capelli umidi e cercò di calmare il suo cuore martellante.

La visione, a differenza di tutte le altre premonizioni, si presentava solo durante il sonno e stava diventando sempre più frequente, come a indicargli che l'evento che stava vedendo si stava avvicinando. Tuttavia, non era più vicino a evitarlo di quanto non lo fosse tre anni prima, quando aveva avuto la prima premonizione, dopo l'omicidio del fondatore del programma top-secret Stargate.

Non aveva più tempo.

12

Michelle fissò la porta chiusa della camera da letto da cui Nick era appena scomparso. Si chinò verso il comodino e accese la lampada. Una luce soffusa illuminò la stanza altrimenti buia. Diede un'occhiata alla sveglia. Erano appena passate le cinque del mattino.

Il cuore le batteva ancora forte. Stava dormendo profondamente quando l'urlo di Nick l'aveva svegliata. Sembrava che fosse in pericolo di vita e per un istante si era chiesta se qualcuno fosse entrato nel suo appartamento. Ma ora era chiaro che Nick aveva avuto un incubo.

Ma perché? Quale uomo adulto ha degli incubi? Erano cose che facevano i bambini, quando sognavano i mostri. O forse persone che avevano subito un trauma recente. Ma Nick le sembrava assolutamente equilibrato. E se non lo fosse stato? Aveva commesso un errore di valutazione? Cosa c'era che non andava, nello sconosciuto che aveva invitato nel suo letto?

Con il cuore in gola, Michelle saltò giù dal letto e si infilò una maglietta e un paio di pantaloni da yoga. Quando entrò nel corridoio, sentì la doccia scorrere. Girò l'interruttore della luce nel corridoio. Facendo attenzione a non fare rumore, si guardò intorno e trovò subito quello che stava cercando.

Nick aveva gettato lo zaino sotto il tavolino. Dando un'occhiata alla porta del bagno chiusa, Michelle si accovacciò e aprì la cerniera. Sbirciò all'interno. Uno scomparto conteneva il suo computer portatile. Non lo estrasse, ma cercò tra le altre cose.

Non c'era molto: un mazzo di chiavi, un cellulare con caricatore e un cavo di alimentazione per il portatile. Stava per richiudere la borsa, quando sentì un rigonfiamento. Aprì la cerniera il più possibile, ma non c'era nulla da vedere. Tuttavia, c'era chiaramente qualcosa. Lasciò che fossero le sue dita a cercare, finché non trovò una cerniera nascosta.

Guardando la porta del bagno per assicurarsi che Nick fosse ancora lì, fece un respiro profondo e aprì la cerniera del vano nascosto. Trattenendo il respiro, allungò la mano all'interno.

Le sue dita entrarono in contatto con qualcosa di freddo. Le fece scorrere lungo l'oggetto metallico e ne percepì la sagoma. Il suo cuore si fermò, quando la sua mano avvolse il manico di un'arma. Lentamente, con attenzione, la estrasse. Una pistola. Non era un'esperta, ma capì che si trattava di una pistola con caricatore.

La mano le tremava. Il tremito si diffuse in tutto il corpo.

Cazzo! Cosa ci faceva Nick, con una pistola?

La paura la attanagliò improvvisamente,

riposizionò la pistola nello scomparto e lo richiuse con la zip, poi chiuse lo zaino e lo rimise dove l'aveva trovato.

Guardandosi intorno, cercò di pensare a cosa fare. Nick era pericoloso? Era un criminale? Chi diavolo era? I suoi occhi si spostarono e tornò a guardare in camera da letto. Lì, sullo schienale di una sedia, erano appesi i pantaloni di Nick. Non li aveva portati con sé in bagno.

Si precipitò in camera da letto e prese i pantaloni dalla sedia, frugando nelle tasche. Tirò fuori il suo portafoglio. Lanciando uno sguardo nervoso alle proprie spalle, aprì il portafoglio e ne esaminò il contenuto. Contanti. Una patente di guida. La tirò fuori e la lesse. Il nome era Nicholas Young, l'indirizzo era Washington D.C. Era stata rilasciata due anni prima. Non aveva detto di essersi appena trasferito a Washington? Come poteva avere una patente di guida vecchia di due anni?

Cercò tra gli altri scomparti del portafoglio e sentì qualcosa di rigido. Scavò le dita al suo interno ed estrasse l'oggetto: una carta di credito. Il respiro le si bloccò in gola. Ieri sera aveva pagato in contanti, sostenendo che la sua carta di credito era stata rubata e che non aveva ancora ricevuto una carta sostitutiva. Perché avrebbe dovuto dire così, visto che chiaramente ne aveva una? Era una vecchia carta scaduta? Guardò la data di scadenza. No, era ancora valida. Poi lo sguardo si spostò a sinistra, dove era stampato il suo nome.

Si mise una mano sulla bocca per non urlare. Il nome non corrispondeva alla sua patente di guida. C'era scritto Marcus Tremont.

Merda!

Tremando, infilò di nuovo il portafoglio nella tasca dei pantaloni e corse in salotto. Prese il computer dalla borsa e lo accese. Mentre si avviava, tamburellò le dita sulle cosce, lanciando continuamente sguardi nervosi verso il corridoio. Ma l'acqua della doccia continuava a scorrere.

Non appena il suo computer fu acceso,

sbloccò lo schermo con la sua password e accese il browser. Per prima cosa cercò Nicholas Young. C'erano troppi risultati. Il nome era troppo comune. Anche un attore e una stella del baseball erano tra i risultati della ricerca. Le sarebbe servito del tempo per esaminarli tutti.

Dannazione!

Digitò invece Marcus Tremont. C'era solo un Marcus Tremont. Cliccò sul link di Facebook. L'immagine del profilo era vuota e non c'erano post nella sua bacheca, nessuno che lei potesse vedere senza essere sua amica.

Chi era Nick? E perché era qui?

La risposta la colpì in faccia come una porta che si chiude. Smith! Il suo supervisore, *simile a Gola Profonda,* doveva essere dietro a tutto questo. Aveva intuito che lei stava diventando disperata e voleva scappare? Aveva già capito che si stava preparando alla fuga e voleva assicurarsi che non scappasse prima di aver consegnato ciò che voleva?

Perché non ci aveva pensato prima?

Doveva averla tenuta d'occhio per tutto il tempo, facendola sorvegliare in ogni momento nel caso in cui non si fosse adeguata alle sue richieste. Quanto era stata stupida! Il fatto che Nick l'avesse incontrata al bar e poi, più tardi, quando lei aveva quasi incrociato la strada del taxi non poteva essere una coincidenza. Smith aveva organizzato tutto. E per quanto ne sapeva, aveva persino orchestrato il tutto, in modo che il taxi quasi la investisse per permettere a Nick di salvarla e quindi di guadagnarsi la sua fiducia.

E lei era caduta in quel trucco da quattro soldi. Non aveva visto questo tipo di cose accadere innumerevoli volte nei film e nei programmi televisivi? Avrebbe dovuto riconoscerlo per quello che era: uno stratagemma. Un trucco per far sì che Nick si avvicinasse per poterla tenere d'occhio, magari per guadagnarsi la sua fiducia in modo che lei gli dicesse cosa stava progettando.

Avrebbe voluto imprecare, urlare, ma non

ci riuscì. Doveva stare al gioco, non fargli capire che sapeva, che aveva scoperto il suo inganno e che gli stava addosso. Doveva rimanere calma e comportarsi come se non fosse successo nulla.

L'apertura della porta del bagno la fece quasi sobbalzare.

Brava, Michelle, si rimproverò silenziosamente. *Bel modo di sembrare normale.*

Nick non entrò in salotto, ma si diresse subito verso la camera da letto. Lo sentì vestirsi. Sfruttò il poco tempo a disposizione per fare dei respiri profondi e calmarsi. Quando sentì di nuovo i suoi passi, sbatté velocemente il coperchio del portatile e si alzò in piedi.

«Michelle». La sua voce era esitante.

Lentamente, si girò di fronte a lui. Tentò di sorridere, ma non ci riuscì.

«Scusa, io... non volevo spaventarti, prima». Si passò una mano tra i capelli umidi, con un'aria completamente distrutta. «Gli incubi sono diventati meno frequenti».

«Incubi?» Gli fece eco lei.

«Sì, sono stato in Iraq. È stato un inferno». Lasciò cadere lo sguardo sui suoi piedi.

«Iraq? Hai partecipato alla guerra?» Questo spiegava almeno i suoi incubi? Forse. E stranamente avrebbe potuto spiegare anche altre cose. Se fosse stato un ex militare, allora avrebbe avuto ancora più senso che Smith lo avesse assunto per tenerla d'occhio.

«Sì. Un solo servizio, ma è stato sufficiente». Fece una pausa. «Ascolta, è meglio che vada. Ho del lavoro da fare. Ti chiamo stasera?»

Lei annuì rapidamente, desiderosa che lui lasciasse il suo appartamento. Quando invece lui le si avvicinò, lei si irrigidì. Lui si bloccò a un metro da lei, avendo chiaramente notato la sua apprensione.

«Mi dispiace ancora, so che deve averti spaventato». Si avvicinò e le diede un bacio sulla guancia.

«Va tutto bene». Michelle forzò un sorriso.

«Ci sentiamo dopo, ok?»

Nick si girò e si diresse verso la porta,

prendendo lo zaino, mentre usciva. Solo quando la porta si chiuse di scatto dietro di lui riuscì a respirare di nuovo.

«Oh, Dio», mormorò tra sé e sé. «Ho dormito con il nemico».

13

Nick estrasse il portatile dal suo scomparto e lo appoggiò sulla scrivania, prima di gettare lo zaino in un angolo, arrabbiato con sé stesso.

Era abituato a mentire per pararsi il culo, ma per Dio, aveva odiato mentire a Michelle, dicendole che era un veterano dell'Iraq che soffriva di stress post-traumatico. Che colpo basso, era stato. C'erano molti veri veterani dell'Iraq là fuori che soffrivano di PTSD e di cose peggiori. E lui li stava usando per coprire i suoi veri problemi.

Non aveva mai prestato servizio

nell'esercito, anche se aveva servito il suo Paese come agente della CIA per molti anni. Aveva sacrificato la sua vita per tenere al sicuro la gente di questo paese e loro come lo avevano ripagato? Dandogli la caccia come un cane. Era arrivato il momento di reagire.

Ma doveva andare per gradi.

Nick andò alla cartella in cui aveva salvato le informazioni dalla chiavetta di Michelle e guardò i file. Uno era un file di immagini. Lo aprì con un clic. Era un ritratto di Michelle. Riconobbe subito a cosa serviva: l'assenza di sorriso e il modo in cui la testa era girata ne indicavano lo scopo. Era una fototessera. Ma perché ne aveva una versione digitale? Le foto del passaporto venivano normalmente inviate in forma stampata, quando si faceva domanda tramite l'ufficio postale.

Incuriosito, Nick esaminò gli altri file.

Uno era un curriculum. Lo scrutò velocemente. Non c'era molto. Qualche lavoro come consulente software e una laurea presso un'università online, oltre a un elenco di programmi informatici in cui Michelle era esperta: C, Fortran, JavaScript, Lisp, Python. Era chiaro che sapeva il fatto suo.

Nick chiuse il documento e continuò. Un piccolo file di testo attirò la sua attenzione. Lo aprì e lesse le due righe di informazioni: Jennifer Miller, data di nascita: 5 maggio 1991, capelli: biondo scuro, occhi: azzurri, altezza: 1,70. Tutte le informazioni necessarie per un passaporto, anche se il nome non corrispondeva. Michelle Andrews stava cercando di diventare Jennifer Miller? A quale scopo? Aprì il file di testo successivo. Conteneva solo un elemento: un indirizzo e-mail.

Nick si collegò a uno dei suoi account di posta elettronica fasulli e scrisse un messaggio, lasciando il testo vuoto e inserendo solo una parola nell'oggetto: *Richiesta*. Premette *Invia* e attese. Sessanta secondi dopo, il suo account di posta elettronica emise un segnale acustico. Il messaggio che arrivava nella sua casella di posta era dell'*Amministratore di Sistema* e l'oggetto diceva *Non recapitabile*. Il testo indicava che l'indirizzo e-mail non esisteva.

Proprio come aveva sospettato. Chiunque avesse usato questo indirizzo e-mail lo aveva già disattivato.

«Cosa stai facendo, Michelle?» Mormorò.

Aprì un documento dopo l'altro. Domande di lavoro e documenti con collegamenti ipertestuali. Seguì i link e li esaminò nel suo browser: ricerche su diversi Paesi, una delle quali portava direttamente a un documento PDF. Sorvolò sul testo, chiedendosi che cosa stesse cercando, quando una parola saltò all'occhio: *Estradizione*. Lesse la frase. *Non esiste un trattato di estradizione con gli Stati Uniti.*

Ormai era chiaro: Michelle stava scappando dalla legge.

Cercò di mettere insieme quello che aveva saputo su di lei fino a quel momento: un passato con Anonymous che avrebbe potuto metterla nei guai con le autorità; file elettronici che potevano essere usati per ottenere un passaporto falso; un indirizzo e-mail fasullo che molto probabilmente la metteva in contatto con una persona in grado di procurare tale passaporto; ricerche su Paesi che non estradavano i criminali negli Stati Uniti; e Michelle che era la prima sospettata per aver cercato di tenerlo fuori dai server della CIA. Tutto tornava. Qualcuno che sapeva del suo passato doveva averla assunta. Quella persona le aveva offerto una grossa somma di denaro, magari fornendole anche il contatto per ottenere un passaporto falso, in modo che potesse iniziare una vita lontano da qui?

Oppure qualcuno stava usando il suo passato contro di lei, costringendola a stanarlo, e lei lo stava facendo contro la sua volontà? Entrambe le ipotesi erano possibili. In ogni caso, significava che non poteva fidarsi di Michelle, anche se lo sapeva già dall'inizio. Le informazioni che aveva scoperto dalla sua chiavetta non facevano altro che confermare quello che già sospettava: che lei stava cercando di fregarlo. Ma lui era più furbo.

Proprio mentre stava aprendo il documento successivo dalla chiavetta di Michelle, sentì il suono di una notifica nella casella di posta elettronica. Cambiò schermo e lo lesse.

Finalmente.

La notifica proveniva da un annuncio che aveva pubblicato sul Dark Web. Si scollegò dalla sua attuale connessione a Internet. Dal cassetto della sua scrivania recuperò una sim dati prepagata e la inserì in una delle porte del suo portatile, quindi si collegò al web da lì. Poi si sarebbe liberato della sim, per assicurarsi che il suo indirizzo IP rimanesse segreto, dopo aver finito, in modo che nessuno fosse in grado di risalire alla sua posizione attuale.

Ci vollero solo pochi istanti prima che si trovasse nel posto giusto del Dark Web per recuperare il messaggio che gli era stato inviato. Non c'era il nome del mittente. Ma il messaggio stesso era convincente. Qualcuno aveva visto la sua richiesta di incontro e voleva fissare un orario e un luogo. Tutte le parole chiave utilizzate dalla persona erano quelle giuste. Parole chiave utilizzate dai membri di Stargate. Sebbene alcune di esse potessero essere utilizzate da chiunque, il fatto che fossero tutte presenti nel messaggio indicava che la persona che lo stava contattando era un agente Stargate.

Tuttavia, Nick sapeva di dover fare attenzione. C'era sempre la possibilità che un nemico costringesse un agente Stargate a rivelare i suoi segreti con qualsiasi mezzo necessario. Nemmeno un agente Stargate era immune alla tortura. Pertanto, avrebbe preso tutte le precauzioni necessarie, prima di organizzare l'incontro. Non sarebbe andato disarmato.

Ma doveva andare. Non poteva lasciarsi sfuggire questa opportunità. Da troppo tempo stava cercando i suoi colleghi agenti per poter finalmente svelare il mistero della sua più oscura premonizione. Doveva fermare qualsiasi cosa stesse per accadere. Era una cosa grossa. Lo sapeva istintivamente, era una cosa più grande di quanto potesse gestire da solo.

Aveva bisogno di aiuto.

Un aiuto che solo un altro agente Stargate di fiducia poteva fornire. Valeva la pena rischiare.

14

Il messaggio era stato chiaro. Michelle doveva recarsi in un punto specifico di Constitution Gardens quella stessa sera e registrare ciò che avrebbe visto. Ci sarebbe stata una riunione clandestina. Se si fosse comportata bene, Smith le aveva scritto, forse sarebbe stata addirittura premiata. Michelle si mise quasi a ridere. A che tipo di ricompensa pensava Smith? Ucciderla rapidamente, nel caso in cui le persone che si stavano riunendo clandestinamente in qualche angolo deserto di Washington l'avessero scoperta e avessero cercato di torturarla per farle dire quello che sapeva, cioè niente, in modo che non dovesse soffrire?

Fantastico. Era già abbastanza grave che dovesse spiare un hacker online, ora Smith la metteva attivamente in pericolo mandandola in una missione notturna. Diavolo, non era stata addestrata per questo. Perché non aveva usato uno dei suoi agenti segreti - che sicuramente aveva, essendo Nick uno di loro - o non faceva lui stesso il lavoro sporco? No, doveva usare una donna debole, che non conosceva nemmeno il karate o qualsiasi altra forma di autodifesa. Non aveva la minima possibilità di sopravvivere: ecco, cos'aveva.

Dannazione.

Nel suo nascondiglio, dietro un cespuglio, rimase in silenzio, anche se avrebbe voluto urlare per l'ingiustizia di tutto questo. Non era già abbastanza che Smith le avesse assegnato un sorvegliante?

Michelle era arrivata con il favore delle tenebre solo pochi istanti dopo il tramonto ed era abbastanza buio perché nessuno si accorgesse che si aggirava nei paraggi e si insospettisse. Ore prima del presunto incontro, lei era già in attesa, pronta a registrare qualsiasi cosa vedesse.

Nel frattempo, le zanzare turbinavano intorno a lei, mangiandola viva. L'aria non si era rinfrescata, nonostante il temporale della sera prima. Con la sua maglietta nera a maniche lunghe e i suoi pantaloni scuri, si sentiva troppo calda ed esageratamente vestita, anche se questo significava che le zanzare la colpivano solo sulle mani, sul collo e sul viso, anche se avrebbe potuto giurare che alcune cercassero di farsi strada sotto i pantaloni. Si schiaffeggiò la parte inferiore della gamba, dove sentiva le punture, e imprecò sottovoce.

Succhiasangue!

C'erano ancora turisti in giro che scattavano foto ai vari monumenti del parco, illuminati da forti riflettori. Il Lincoln Memorial, di cui aveva una buona visuale attraverso la Reflecting Pool, la piscina riflettente, era uno di questi. Le persone scattavano foto sulle scale, selfie con la statua del Presidente Lincoln seduto alle loro spalle o foto di gruppo, chiedendo aiuto ad altri turisti. Ma più aspettava, meno persone vedeva. Alla fine, i turisti se ne andarono, tornando ai loro hotel o andando a vedere altre attrazioni notturne più interessanti.

Michelle si accovacciò tra i cespugli, guardandosi intorno. Non voleva perdersi l'arrivo dei misteriosi sconosciuti o essere individuata da loro.

Il silenzio nel grande parco era inquietante. C'era il suono degli uccelli che svolazzavano nel buio e il fastidioso ronzio di alcune mosche e zanzare troppo esigenti, ma tutti i suoni prodotti dall'uomo erano in lontananza. Auto che percorrevano Constitution e Independence Avenue, altre che attraversavano l'Arlington Memorial Bridge. Nell'oscurità, i suoni erano molto distanti. Ma erano anche tranquillizzanti, quasi confortanti, perché confermavano che la vita normale continuava, mentre la sua stava prendendo una brutta piega. Lei lo sapeva. Lo percepiva nelle sue ossa, lo sentiva dal modo in cui i peli della sua nuca si rizzavano, come per protestare.

Non avrebbe dovuto essere qui. Avrebbe dovuto essere su un aereo per il Sud America, con un passaporto falso in mano. Ma lo stava ancora aspettando, quel passaporto falso. Il suo contatto - consigliato da un vecchio amico di Anonymous - l'aveva esortata ad avere pazienza. Se il passaporto doveva passare l'ispezione federale in un aeroporto statunitense, doveva essere perfetto. Non poteva affrettare i tempi, ma aveva promesso di consegnarglielo entro due giorni, poco prima che scadesse il suo ultimatum con il misterioso Mr. Smith. Sarebbe sparita dalla circolazione prima che lui potesse sbatterla in prigione. E l'avrebbe fatto, se avesse avuto una mezza possibilità, perché l'hacker che era stata così vicina a inchiodare era sparito. Per tutta la settimana non aveva visto la sua firma digitale da nessuna parte. Come se lui sapesse che lei lo stava cercando.

Il suono di un ramoscello che si spezzava infranse il silenzio e la fece scattare nella direzione opposta. Cercò di mettere a fuoco, cercando nel buio la persona che aveva creato quel suono, ma non vide nulla. La zona dove l'aveva sentito era troppo buia, non illuminata come i monumenti intorno a lei. Avrebbe avuto bisogno di occhiali per la visione notturna. Smith avrebbe dovuto pensarci. Chiaramente, il suo ricattatore non era così intelligente come fingeva di essere. Come avrebbe potuto vedere qualcosa e sapere cosa registrare? Diavolo, il suo cellulare non sarebbe stato in grado di captare nulla, se non avesse saputo nemmeno in che direzione puntarlo.

Ecco, un altro suono! Questa volta si trattava chiaramente di passi. La loro eco era difficile da individuare. Il suono proveniva da destra o da sinistra? Si spostò e la sua maglietta si impigliò in un ramo. Scattò all'indietro. Il suono dello strappo risuonò nel silenzio.

Merda!

La persona nascosta nei cespugli non era un agente Stargate, valutò subito Nick. Era abbastanza vicino da poter percepire l'aura speciale che emana un membro dello Stargate. Era una cosa che aveva scoperto subito dopo essere stato reclutato da Henry Sheppard. Aveva immediatamente sentito uno spirito affine con l'uomo più anziano, come se lo conoscesse da molto tempo.

Sheppard gli aveva detto che era come riconoscere un proprio simile. Un agente Stargate che ne riconosce un altro. Era un istinto di sopravvivenza. La natura aveva fatto in modo che alcuni dei suoi figli speciali si conoscessero e potessero venire in aiuto l'uno dell'altro, in caso di necessità.

Nick non si illudeva sul fatto che la persona nascosta nell'oscurità avesse cattive intenzioni e non fosse solo un turista smarrito. Si accorse che lo sconosciuto stava trattenendo il respiro, cercando di non farsi sentire. Ma non riusciva a vedere il suo potenziale aggressore, perché l'area era buia come la pece, mentre a pochi metri di distanza la luce dei monumenti e della città stessa era sufficiente per scorgere i contorni e le forme.

Non sapendo quale fosse l'addestramento della persona in agguato, Nick non corse alcun rischio. Una mossa sbagliata e avrebbe potuto ritrovarsi con una pallottola nel cervello o un coltello nel cuore. E lui era piuttosto affezionato alla sua vita e non era pronto a scambiarla con un soggiorno eterno in una cassa di legno a due metri di profondità.

Nick aveva seguito l'addestramento di base della CIA presso la Fattoria, addestramento che comprendeva l'autodifesa, il combattimento corpo a corpo e l'uso delle armi, ancor prima di essere reclutato nel programma Stargate da Sheppard. Era stato selezionato da un reclutatore della CIA per le sue abilità informatiche appena uscito dal college e assegnato alla sicurezza dei dati a Langley ben due anni prima che Henry Sheppard si accorgesse di lui. Anche dopo essere stato arruolato nel programma Stargate, aveva continuato a lavorare a Langley nella sua veste meno segreta di analista della sicurezza dei dati.

Nick era diventato particolarmente affezionato alla sua Glock, una pistola che si maneggiava bene e che al momento si trovava nella fondina sotto il suo braccio sinistro, pronta per essere utilizzata in qualsiasi momento.

Mettendo un piede davanti all'altro, con passo leggero per non fare rumore, Nick si diresse verso il gruppo di alberi e cespugli. Girò a sinistra, avvicinandosi lentamente. Il suo respiro era regolare e silenzioso, i suoi occhi erano puntati sul bersaglio di fronte a lui. Anche se gli occhiali per la visione notturna sarebbero stati utili e gli avrebbero dato un netto vantaggio, sapeva di poter compensare questa mancanza di equipaggiamento con gli altri sensi, compresa la sua impeccabile abilità di cecchino.

Con calma, infilò la mano nella giacca e tirò fuori la Glock dalla fondina. Ancora qualche passo. Era vicino.

Un fruscio tra i cespugli, come se

l'assalitore si stesse muovendo, spostando, percependo di essere stato scoperto.

Ma era troppo tardi. Nick era già su di lui. Dietro di lui. Solo pochi metri ora. Nick sollevò la gamba e la posò un metro davanti a lui. Sentì troppo tardi il ramoscello sotto la suola e lo spezzò. Il suono riecheggiò nella notte.

La risposta fu una brusca boccata d'aria, poi un movimento improvviso proprio di fronte a lui: lo sconosciuto che si girava per affrontarlo. Non era alto, per essere un uomo, anzi era al di sotto della media e aveva una corporatura leggera.

Nick scattò in avanti, sbattendo l'uomo contro l'albero. Una frazione di secondo dopo, premette la canna fredda della Glock sulla fronte del potenziale assalitore, armandola.

«Una mossa sbagliata e questo proiettile ti ridurrà in poltiglia il cervello».

Un forte rantolo, un suono troppo acuto per provenire da un uomo, lo spaventò per un secondo. Così come il tremito incontrollabile.

«Nick! Non farlo!»

Lo shock gli attraversò le ossa, paralizzandolo per un istante. Ma poi il suo addestramento prese il sopravvento.

«Michelle!» Sbottò. Non se l'aspettava, anche se avrebbe dovuto.

«Oh Dio, grazie», si lasciò sfuggire lei, apparentemente sollevata. «Per favore, togli quella pistola. Mi stai spaventando».

«Lo sto facendo?» Poteva essere uno stratagemma per fargli abbassare la pistola, in modo che lei potesse farlo fuori. Si avvicinò di più. «Sei armata?»

«Armata? No!»

Usò la mano libera per perquisirla, prima davanti e poi dietro, per controllare se avesse infilato una pistola nel retro dei jeans. Non l'aveva fatto.

«Cosa stai facendo?» La sua voce era piena di panico. «Nick, dimmi cosa sta succedendo!»

«Stavo per farti la stessa domanda». Si avvicinò di più, tanto da poter distinguere i tratti del viso di lei.

Sì, era proprio Michelle, vestita di nero come un ninja, con i capelli biondo scuro nascosti sotto un foulard che aveva legato alla nuca. Almeno non si era annerita le guance con il lucido da scarpe.

«Stavo solo... sai, facendo una passeggiata», borbottò.

La spinse più forte contro il tronco dell'albero. «Riprova, *tesoro*!»

Lei abbassò le spalle, gonfiando il petto. «Lo giuro! Mi stavo facendo gli affari miei e poi ho sentito qualcosa, così ho pensato di nascondermi. Sai, ci sono degli scippatori, nel parco, di notte».

Lui sbuffò. «Sì, certo. Allora perché cazzo dovresti fare una passeggiata in un parco buio di notte quando è così pericoloso, eh? Ti va di spiegarlo?»

«Beh, allora cosa ci fai qui? Mi spii?»

«Non cercare di cambiare le carte in tavola. Sappiamo entrambi cosa sta succedendo. Mi hai incastrato per farmi venire al parco».

«Per fare cosa?» Sbottò lei, sputando un senso di sfida dalle labbra che lui aveva divorato la sera prima.

«Per uccidermi», disse lui, spingendo il

suo viso praticamente contro il suo. I suoi occhi azzurri ora scintillavano, raccogliendo la luce da qualche parte nelle vicinanze, mentre lo fissava.

Michelle digrignò i denti. «Con cosa, idiota? Forse con la pistola che mi stai ancora puntando alla testa?»

Doveva riconoscerlo: non stava cedendo facilmente, un'ulteriore prova che era intelligente e che lo stava ingannando.

«Ora lasciami!» Lei cercò di spingerlo via, ma lui era più pesante e più forte e non aveva intenzione di rinunciare alla sua posizione di superiorità solo perché lei era una donna.

«Non finché non mi dici cosa ci fai qui. Sei stata tu a organizzare l'incontro?»

«Quale incontro?»

Dal modo in cui gli occhi di lei si spostarono sulle sue parole, lui capì che si stava coprendo, guadagnando tempo per uscire dalla sua situazione.

«Lo sai, che incontro dico». La guardò dalla testa ai piedi. «Certo che eri tu, non è vero? Chi altro potrebbe sapere come navigare nel Deep Web, se non un ex membro di Anonymous?»

Lei spalancò la bocca e l'aria le uscì dai polmoni. Cercò di riprendersi, ma era troppo tardi: si era già tradita.

«Non so di cosa stai parlando».

«Non è vero?» Con la mano libera, raggiunse la collana e la tirò, finché il ciondolo non emerse da sotto la maglietta nera a maniche lunghe. «Strana scelta per un gioiello, non credi?»

I suoi occhi si restrinsero. «Posso indossare ciò che mi piace».

«Certo che puoi. E io posso trarne tutte le conclusioni che voglio. E questa, *tesoro mio*, è una maschera di Guy Fawkes, il simbolo di Anonymous. Di cui eri facevi parte. Che cosa è successo? Le autorità ti hanno beccato mentre facevi la hacker?»

«Non sono mai stata una hacker! E non hai il diritto di farmi domande. Sei tu che hai qualcosa da nascondere, non io». Indicò la pistola che lui le stava ancora puntando alla testa. «Sei tu quello con la pistola, ricordi?»

«E questo è esattamente il motivo per cui

dovresti rispondere alle mie domande in modo sincero e non raccontare altre bugie. Sto diventando impaziente, Michelle, e sai cosa succede quando divento impaziente?»

Lei lo fissò con aria interrogativa.

«La mia mano inizia a tremare. È un piccolo tic, sai?»

«Non lo faresti».

Scosse la testa. Michelle aveva coraggio, quel tipo di coraggio che un giorno avrebbe potuto farla uccidere. «Non mettermi alla prova. Dimmi la verità, Michelle, o preferisci che indovini cosa stai facendo?»

«Accomodati pure!»

«Bene, allora». Allentò un po' la presa su di lei, mentre abbassava la canna sul suo collo. «Eri una hacker associata ad Anonymous. A un certo punto ti hanno beccata mentre hackeravi qualche agenzia governativa o altro. Hai talento. Ne hai così tanto che ti hanno fatto un'offerta: lavorare per loro. Come sto andando, finora?»

Lei strinse le labbra.

«Bene. Allora sono sulla strada giusta.

Devo continuare o preferisci prendere il mio posto e raccontarmi il resto?»

«Non c'è niente da dire».

Lui sbatté il pugno contro il tronco dell'albero vicino alla sua testa. Lei trasalì.

«Maledizione, Michelle, giuro che ti strangolo, se non la smetti con la tua testardaggine e non mi dici quello che voglio sapere. Non capisci? Questo non è un gioco. Qui sono in gioco delle vite». Si avvicinò, portando il suo viso a pochi centimetri da quello di lei. «Sei stata tu a organizzare l'incontro?».

Lei scosse la testa, ora tremante. «Mi è stato detto di registrare chiunque si presentasse qui». Le lacrime le riempirono gli occhi. «Non sapevo che saresti stato tu».

Tirò un sospiro di sollievo. Finalmente Michelle parlava. Addolcendo la voce, chiese: «La persona per cui lavori, con chi lavora? La CIA? La NSA?»

Lei fece un'alzata di spalle, impotente. «Non lo so».

Nick ringhiò. «Michelle.»

«Giuro che non lo so». Fece un respiro.

«Non so chi sia. Mi contatta e mi dice cosa fare. Non ho scelta».

Studiò il suo viso per un attimo, i pezzi stavano andando al loro posto. «La sua offerta di lavorare per lui non era davvero un'offerta, vero?»

In silenzio, lei scosse la testa e abbassò le palpebre.

«È per questo che ti stai facendo fare un passaporto falso?»

La sua testa si alzò e lo fissò con gli occhi. «Come fai a saperlo?»

«La chiavetta che avevi nel portachiavi. C'erano file di immagini e informazioni che rimandavano a quello».

La donna appoggiò le mani ai fianchi, improvvisamente furiosa. «Hai preso la mia chiavetta usb? È una proprietà privata. Non ne avevi il diritto!»

Lui scrollò le spalle. I diritti di proprietà privata non lo preoccupavano, in questo momento. Aveva cose più importanti da fare. «Avresti dovuto criptarla».

«Non c'era bisogno di criptarla! Non la perdo mai di vista».

Lui fece un sorriso. «L'hai fatto quando hai fatto la doccia».

«Tu, tu...» Le mani di lei si alzarono come se volesse colpirlo, ma lui la fermò premendo più forte la pistola contro il suo collo.

I suoi occhi si posarono sull'arma. «Non credi che sia un po' eccessivo, in questo momento? Ti sei già assicurato che non sono armata. O usi quella pistola come un'estensione del tuo uccello?»

Lui ridacchiò involontariamente. Non poteva certo biasimarla per la sua rabbia, ma non poteva nemmeno accettare quel tipo di insulti. «Il mio cazzo non ha bisogno di essere allungato, come ben sai».

Sbuffò, indignata.

Ma era stata chiara e, per quello che sapeva di lei fino a quel momento, Michelle non rappresentava una minaccia fisica, per lui. Rimise la sicura alla pistola e la mise nella fondina, ma non fece un passo indietro, tenendola intrappolata tra il suo corpo e il tronco dell'albero.

«Ora che abbiamo stabilito le dimensioni

del mio cazzo, continuiamo. Cos'altro voleva che facessi, il tuo misterioso supervisore?».

«Solo registrare le persone che si sarebbero incontrate qui e poi mandagli il file via sms».

«Non intendo solo stasera. Intendo in generale. Mi stavi pedinando online, cercando di impedirmi di entrare in un server».

La sua bocca rimase aperta per un secondo, prima di parlare. «Quindi eri tu».

«Sì, sono stato io. Sei piuttosto brava, ma hai commesso un errore».

«Quale?»

«Non importa. Ho rintracciato il tuo indirizzo IP fino alla caffetteria».

Lei annuì. «Allora non è stata una coincidenza. Troppo bello per essere vero. Mi hai preso in giro per tutto questo tempo. Ti sei intrufolato nei miei pantaloni solo per potermi scoprire, è così?» Lei gli lanciò uno sguardo arrabbiato.

«E credimi, a me è piaciuto e anche a te».

«Stronzo! Non sarei mai venuta a letto con te se avessi saputo...»

Premette il suo corpo contro il suo,

strusciando i fianchi contro il suo bacino, afferrandole i polsi con entrambe le mani e bloccandola contro l'albero.

«Tu non sai nulla, Michelle. O sai quanto abbia ho lottato con la mia coscienza, pensando se sedurti o meno? Se portarti a letto o meno? Come mi sia tormentato, sapendo che era sbagliato toccarti, sapendo che lo stavo facendo per ottenere informazioni da te?»

Abbassò le palpebre, guardando solo le sue labbra aperte.

«Per tutto questo tempo ti ho desiderato, volevo stare con te e fare l'amore con te come se fossimo persone normali attratte l'una dall'altra. Sai che ho desiderato che i miei sospetti fossero sbagliati? Che tu non fossi l'hacker che avevano mandato per catturarmi?»

Le liberò i polsi e si passò una mano tra i capelli, rendendosi conto per la prima volta di una cosa.

«Dannazione, sono venuto a letto con te perché ti volevo. Avrei potuto ottenere le informazioni di cui avevo bisogno anche in altri modi. Irrompendo in casa tua o rapinandoti. Non avevo bisogno di avvicinarmi così tanto. Ma lo volevo».

Proprio così, lui la desiderava al di là di ogni ragione.

Incapace di fermarsi, affondò le labbra sulle sue, prendendo la sua bocca in un bacio feroce.

15

Il bacio inaspettato di Nick le tolse il respiro. Tutto ciò che Michelle poteva fare ora era aggrapparsi a lui. Le sue ginocchia erano troppo deboli per sostenere il suo peso e solo l'albero alle sue spalle e il corpo di Nick che premeva su di lei la tenevano in piedi. Non aveva più forza, non aveva più voglia di lottare. Nick, che le aveva puntato la pistola alla testa e aveva dato l'impressione di volerla usare davvero, aveva stroncato ogni tipo di resistenza che lei aveva cercato di opporre. Si era stupita di aver resistito così a lungo. Ma non più. Perché resistere al bacio di Nick era impossibile.

Le parole di lui continuarono a sciamare nella sua testa, rimbalzando come pallottole impazzite, spingendola a credere a ciò che aveva detto. Che non voleva usarla. Che avrebbe potuto farlo senza andare a letto con lei. Che era andato a letto con lei solo perché la desiderava.

Non avrebbe dovuto crederci. No, *non poteva*. Lui le stava dicendo questo solo per guadagnarsi la sua fiducia in modo che lei gli raccontasse tutto. Lui sapeva già troppo. Ma il modo in cui si comportava non aveva senso. Se lavorava per Smith, perché le stava chiedendo tutte queste cose? Lui sapeva già che lei era legata a Smith. Oppure si sbagliava? In realtà *non era* una pedina di Smith? Era davvero chi diceva di essere, l'hacker che era stata incaricata di trovare?

Lo spinse via, facendogli lasciare le sue labbra. Resistendo all'impulso di passarsi le dita sulla bocca per verificare che l'avesse davvero baciata con tanta passione, lo fissò. Aveva bisogno di risposte.

«Stai dicendo che non lavori per Smith? Che non ti ha mandato a controllarmi? Per tenermi in riga?»

«Smith?»

«Il tizio che mi sta facendo fare tutto questo».

«Perché lo pensi?»

«Perché è un po' troppo comodo che tu sia arrivato proprio dopo che lui mi ha dato un ultimatum».

Nick la afferrò per le spalle. «Quale ultimatum?»

«Se non gli consegno l'hacker entro dieci giorni, mi sbatterà in galera, anche se credo che non intendesse farlo. Credo che abbia intenzione di uccidermi, perché teme che io sappia troppo».

«Quando ti ha dato l'ultimatum?».

«Ieri è stata una settimana».

«Ti restano due giorni».

Michelle deglutì a fatica. Anche lei sapeva contare. Sapeva che il suo tempo era quasi scaduto. «Ha detto che se avessi fatto bene, stasera, forse mi avrebbe lasciato libera». Sbuffò. «Come se questo potesse accadere, adesso». Ricacciò indietro le lacrime di disperazione che minacciavano di trasformarla in un pasticcio pietoso e lo guardò. «Devi lasciarmi andare. Non mi interessa in cosa sei coinvolto. Non voglio nemmeno saperlo. Ma devo andarmene da qui».

«Pensi davvero che non scoprirà i tuoi piani? Non credi che sappia già che stai cercando di procurarti un passaporto falso e che stai pianificando la tua fuga in Sud America?»

Per un attimo si bloccò. Come faceva a sapere del Sud America? Poi capì. «La chiavetta. Era lì dentro, la mia ricerca».

Nick annuì, il suo volto ora era una maschera di serietà. «Penso che possiamo aiutarci a vicenda».

Lei scosse la testa e il busto, cercando di scrollarsi di dosso le sue mani, ma lui rimase fermo. «Sì, anche lui l'ha messa così. E guarda cosa è successo. Sono in un guaio peggiore di quanto non lo sia mai stata prima. Perché dovrei scambiare un ricattatore con un altro? Come potrebbe aiutarmi?»

«Mi assicurerò che tu rimanga in vita. Posso proteggerti da Smith. Se mi aiuterai».

«Fare cosa? Non capisci, Nick? Sei tu l'hacker migliore. Hai tracciato la mia firma digitale. *Mi hai* trovato. Non era previsto che accadesse. Quindi, come potrei aiutarti, se sei molto più bravo di me?»

«Non si tratta di questo. Si tratta di chi conosci. Smith. Devo arrivare a lui. Se sapeva che stavo cercando di entrare nei server della CIA, allora sa anche il perché. E questo significa che sa cosa sono».

Confusa, Michelle scosse la testa. «Allora perché avrebbe avuto bisogno di me, per scoprirlo? Non ha senso».

«Ha perfettamente senso», ribatté Nick. «Perché sa *cosa* sono, ma non *chi* sono».

«Non capisco».

«Non ne hai bisogno. Devi solo sapere che se mi dici dove posso trovare Smith, ti aiuterò a sparire».

Lei scosse la testa incredula. «E come fai a sapere come sparire?»

La sua testa si avvicinò, finché lei non riuscì a vedere solo i suoi occhi penetranti.

«Sono scomparso, tre anni fa. Nessuno dei miei nemici è riuscito a trovarmi. E sono proprio sotto il loro naso».

«Nemici? Come Smith? È un tuo nemico?»

«Se mi sta cercando, molto probabilmente sì».

La curiosità ebbe la meglio su di lei, anche se solo pochi istanti prima aveva detto a sé stessa e a Nick che non voleva sapere in cosa fosse coinvolto. «Cosa hai fatto?»

«Non importa».

Ma non poteva lasciar perdere. «Smith è del governo, questo lo so, anche se non sono sicura di quale agenzia. Probabilmente la CIA. Questo significa che hai fatto qualcosa che non è piaciuto al governo. Spionaggio? Tradimento?»

Nick ridacchiò, inaspettatamente. «Sono parole molto grandi, per un'anarchica come te».

«Non sono un'anarchica. Credo nella democrazia. Tutto quello che ho fatto è stato denunciare la corruzione e le malefatte del governo».

«Entrando dentro informazioni riservate insieme ai tuoi amici di Anonymous, suppongo?»

«Guarda il bue che dà del cornuto all'asino. Inoltre, Anonymous sta facendo anche cose buone. Si sono impegnati a chiudere la presenza online di Al-Qaeda».

Un sorriso si formò sulle labbra di Nick. «Non sto difendendo il governo, Michelle, quindi puoi smettere di farmi la predica. Siamo dalla stessa parte, o almeno spero di riuscire a convincerti a passare dalla mia parte. Hai bisogno di me».

Lei prese in considerazione le sue parole, rimanendo in silenzio a lungo. Poteva davvero mantenere ciò che prometteva? Un nuovo inizio, in un posto dove nessuno potesse trovarla? Dove fosse al sicuro da Smith e dall'agenzia governativa per cui lavorava?

«Sai che vuoi dire di sì. Lascia che ti renda la decisione più facile».

Lei sollevò un sopracciglio, chiedendosi cosa avesse in mente, quando la sua mano si avvicinò per accarezzarle la guancia.

«Non ti farò del male, Michelle. Ti proteggerò. Fidati di me».

«La fiducia non è una cosa che si può forzare».

«Ma è qualcosa che può crescere. Ti sei fidata di me con il tuo corpo, ora fidati di me con il tuo cuore e la tua mente».

Lentamente le sue labbra si avvicinarono alla sua bocca. Il suo respiro sussurrava sulla sua pelle, mettendola in tentazione di arrendersi, di concedersi a quest'uomo, a questo sconosciuto che aveva portato il suo corpo a livelli sconosciuti. Allo stesso tempo, le aveva mentito. Come poteva fidarsi di lui, adesso?

«Nick, ti prego...» Non sapeva cosa volesse dirgli o chiedergli, non sapeva perché all'improvviso le sue dita si erano infilate nella sua camicia, stringendolo a sé.

«Piccola, lascia che ti aiuti. Lascia che ti tenga al sicuro».

Le sue labbra sfiorarono quelle di lei così delicatamente che non era nemmeno sicura che la stesse davvero toccando. Solo quando la pressione sulla sua bocca si intensificò e una lingua calda passò sulle sue labbra tremanti, la sua resistenza crollò.

«Non sono tuo nemico», mormorò lui contro le sue labbra e vi immerse la lingua.

Lo scatto di una pistola la paralizzò e fece girare Nick tra le sue braccia.

«Caspita, sei proprio un gran lavoratore», disse un uomo, strascicando le parole. «Credo che persino io potrei imparare qualcosa da te».

16

Mettendo la mano sulla pistola, Nick si bloccò. L'uomo che si trovava a pochi metri di distanza e che gli puntava una pistola contro, fece sì che i piccoli peli sulla sua pelle si mettessero sull'attenti. Un familiare formicolio si diffuse nel suo corpo e lo riconobbe all'istante. Stava affrontando un altro agente dello Stargate. Non si trattava del misterioso Mr. Smith di cui Michelle gli aveva parlato, o almeno sperava che non fosse così. Solo Michelle poteva confermarlo.

«Lascia la pistola dov'è», ordinò l'uomo.

Nick girò la testa di lato, senza distogliere

lo sguardo dallo sconosciuto. Alto e dall'aspetto atletico, l'uomo sembrava avere circa trent'anni, con i capelli biondo scuro che gli ricadevano sulla fronte, ma tagliati corti ai lati. Era rasato e sembrava ben curato. «Michelle, è lui? È lui, Smith?»

Lei lo scrutò. «Non è la sua voce».

«Cosa?» Significava quello che pensava significasse?

«Non l'ho mai visto. Conosco solo la sua voce».

L'estraneo fece schioccare la lingua. «Non avresti dovuto lasciarti sorprendere da me. Stai diventando sciatto, amico mio».

Il fatto che l'uomo si rivolgesse a lui come se si conoscessero già, fece innervosire Nick, ma fece finta che non gli importasse. «Sei in ritardo», disse invece Nick.

«In realtà ero in anticipo». Fece un cenno a Michelle, che stava cercando di passare davanti a lui. Nick la spinse dietro le proprie spalle. «Proprio come è arrivata in anticipo questa qui. Mi chiedevo cosa avesse in mente», disse.

«Dobbiamo parlare», disse Nick con

fermezza. Preferibilmente senza che l'altro membro di Stargate gli puntasse una pistola alla testa. Chiaramente quell'uomo aveva problemi di fiducia e, mentre Nick era riuscito a eliminare la riluttanza di Michelle a fidarsi di lui usando la seduzione, lo stesso metodo non avrebbe funzionato con il suo collega agente Stargate.

Non che potesse biasimare questo tipo. Nemmeno Nick era sicuro di potersi fidare di lui. Sheppard li aveva avvertiti che se il programma fosse stato compromesso, avrebbero dovuto pensare al peggio: che uno dei loro fosse un traditore. Che uno di loro avrebbe potuto dare la caccia a tutti gli altri, usando contro di loro la stessa abilità che li aveva resi fratelli.

«Sì. Da soli», rispose lo sconosciuto. «Rinchiudila».

«No!» Michelle protestò, con la testa che sfrecciava oltre la spalla di Nick.

Lo sconosciuto puntò la pistola contro di lei. «Non hai voce in capitolo».

«Ma io sì», ribatte Nick, lanciando un'occhiata all'uomo.

«Disarmato, non ce l'hai».

«Sai che non sono disarmato».

L'uomo inclinò la testa di lato. «E quanto sei veloce a estrarre?» Fece un piccolo movimento con la pistola. «Ci vuole molto meno tempo per premere il grilletto, se hai già il dito sopra. Quindi non essere stupido». Indicò un sentiero oltre il gruppo di alberi. «C'è un capanno laggiù, a un paio di centinaia di metri. Starà bene, lì dentro, mentre noi parliamo».

Nick guardò Michelle, cercando un contatto visivo. Lei lo fissò a sua volta, spaventata. «Non permetterò che ti accada nulla».

Perché si sentisse in dovere di farle quella promessa, che era determinato a mantenere, non ne era del tutto sicuro, soprattutto perché in quel momento non era nella posizione di fare promesse, non con una pistola puntata alla testa.

Michelle strinse le labbra e deglutì.

«Cammina».

Nick prese la mano di Michelle e seguì l'ordine dello sconosciuto. Il tempo necessario per raggiungere il capannone nascosto tra alcuni alberi sembrò durare un'eternità. Per tutto il tempo, Nick pensò a vari scenari su come ribaltare la situazione con l'uomo che li stava seguendo. Ma ogni possibilità significava mettere in pericolo la vita di Michelle. Era meglio aspettare, finché non fosse riuscito a capire se l'uomo fosse un amico o un nemico. Almeno, Nick sarebbe stato solo con lui, a quel punto, il che significava che avrebbe dovuto preoccuparsi solo della propria vita.

Il lucchetto del capanno era a dir poco insignificante e cedette facilmente.

Nick esortò Michelle a entrare nell'interno buio, notando il suo brivido, alla prospettiva di essere rinchiusa.

«Prendi il suo telefono», ordinò lo sconosciuto.

Nick allungò la mano, facendo cenno a Michelle di seguire il comando che l'altro gli aveva abbaiato. Lei frugò nella tasca e lo tirò fuori, mettendolo sul palmo della mano di lui.

«Tornerò presto. Fidati di me».

Alzò gli occhi verso i suoi e lo fissò a

lungo e intensamente. «Spero di non dovermene pentire».

Anche lui. Con un ultimo sguardo a lei, chiuse la porta del capanno, quando il suo collega agente Stargate gli passò una catena.

«Fallo passare attraverso il manico e il gancio, poi legalo».

Nick fece come gli era stato detto. Una volta terminato, si voltò verso l'uomo.

«Da questa parte».

Si incamminarono verso una piccola siepe, dove il tizio si fermò. «Questo andrà bene. Qui non potrà sentirci».

Nick si fermò e si girò, osservando con sorpresa come l'uomo avesse riposto la pistola nella fondina e avesse assunto una posizione più rilassata.

«Il mio nome è Yankee».

«Fox». Con sospetto, Nick lanciò un'occhiata alla pistola che ora era sul fianco di Yankee. «Cosa ti ha fatto cambiare idea, su di me?»

«Ti ho sentito parlare con quella donna per un bel po'. Mi ha detto abbastanza per sapere che sei pulito». Fece un cenno al capanno. «Non significa che avrei rivelato chi sono davanti a lei. E non dovresti farlo nemmeno tu. Non ci si può fidare di nessuno. Comunque, è stato un bel tentativo con lei. Se siamo fortunati, potrebbe giocare a carte scoperte».

Ignorò gli ultimi commenti di Yankee e chiese invece: «E come faccio a sapere che non ti sei messo contro Stargate?»

«Perché te lo sto dicendo».

«Non è abbastanza».

«Sei ancora vivo. Avrei potuto spararti un centinaio di volte e non avresti saputo cosa ti avesse colpito».

Nick non poteva certo contraddirlo, anche se questo non significava che gli piacesse il modus operandi di quell'uomo. «Ti piace molto, questa roba da macho?»

Yankee sorrise da un orecchio all'altro, con un'aria eccessivamente compiaciuta. «Funziona bene».

«Non credo che Michelle l'abbia apprezzato molto», disse Nick, seccamente.

«Non mi interessa molto quello che pensa

un civile. Ho cose più importanti a cui pensare».

«Quali sarebbero?»

«Gli agenti dello Stargate sono sotto attacco».

«Ma non mi dire! Te ne accorgi solo ora? Dov'eri, tre anni fa?»

«Mi trovo nella tua stessa situazione: sto scappando per salvarmi la vita. Sono stanco di scappare e di nascondermi. È ora di agire».

«Perché ora?»

«Perché è scoppiato un casino». Yankee si guardò intorno, ascoltando, guardando, prima di rivolgere il viso a Nick. «Echo è morto».

Pur non conoscendo la persona a cui Yankee si riferiva, Nick suppose che il nome fosse un nome in codice. «Un agente Stargate?»

Yankee annuì, con un'espressione triste sul volto. «Era diventato cattivo. Lavorava per i nostri nemici. Quando ha cambiato idea e ha voluto fare del bene, era già troppo tardi. Ma quel che è fatto è fatto. Non possiamo crogiolarci nel passato. So che sta per arrivare qualcosa di grosso. Qualcosa di molto brutto».

«Cosa sarebbe» Chiese Nick, avvicinandosi, ormai curioso.

«Anche tu hai sognato? Il sogno dell'inferno, della distruzione?».

Scioccato, Nick indietreggiò di qualche passo, con la bocca aperta. Come poteva Yankee sapere dell'orribile premonizione che tormentava il suo sonno?

Yankee annuì tra sé e sé. «E quindi hai fatto il sogno anche tu. Anche Echo l'ha avuto. Ecco perché ho capito che tutti noi facciamo lo stesso sogno». Si passò una mano tra i capelli. «Comunque, dopo aver parlato con Echo, prima che morisse, mi sono reso conto che vediamo parti leggermente diverse di quella premonizione e mi ha fatto pensare che forse anche per gli altri è così. Se avessimo tutte le parti, forse, se le mettessimo insieme, qualcosa potrebbe iniziare ad avere un senso. Ecco perché ho iniziato a cercare altri partecipanti al programma».

«Allora cosa vuoi da me?»

«Lo stesso che tu vuoi da me. Resuscitare Stargate, farci risorgere ancora una volta. È per questo che hai indagato sul Dark Web, per farti trovare da uno di noi, vero? Sono qui e sono pronto a combattere». Yankee mise una mano sulla fondina per sottolineare le sue parole.

«Non è così facile. Non sarà una sparatoria all'OK Corral, amico. Sto lavorando su un'altra prospettiva». Nick guardò il suo collega agente Stargate dall'alto in basso, ancora incerto se fidarsi completamente di lui, anche se il fatto che fosse ancora vivo, come Michelle, era un punto a favore di Yankee.

«Finché ci porterà allo stesso obiettivo, non mi importa molto da che parte giocheremo». Yankee indicò il Lincoln Memorial. «Allora andiamo. Dobbiamo trovare un piano d'azione». Si voltò e fece qualche passo.

«Non lascerò Michelle qui».

Yankee si fermò e si guardò alle spalle. «Dovrai farlo. Non può venire con noi. È una civile e sa già fin troppo. Condurrà il nostro nemico dritto verso di noi».

Nick si raddrizzò e mise i pugni sui fianchi. «Non la lascerò. E questo è definitivo. Abbiamo bisogno di lei. Ha informazioni fondamentali per quello che sto pianificando».

«Ha delle belle tette e un bel culo, tutto qui».

«Fottuto stronzo!» Nick ringhiò e si diresse verso di lui.

«Non ha informazioni. Lo ha ammesso lei stessa. Non ha mai visto quell'uomo, quello Smith. Non potrà aiutarci a identificarlo, quindi rimetti il cazzo nei pantaloni. Solo perché hai una cotta per lei non significa che la lascerò venire».

Nick si fiondò sul tizio e gli sferrò un colpo in faccia. Il suo collega agente Stargate non perse tempo e rispose con un pugno, facendo ricadere la testa di Nick di lato.

Quando Nick tirò indietro il pugno per sferrare un altro gancio, Yankee ringhiò: «Dannazione, Fox, perché non hai detto che era la tua ragazza?»

Nick si bloccò a metà del movimento.

«È la tua ragazza, vero? È solo che... dalle cose che ho sentito prima, non ero riuscito a capirlo. Chiedo scusa».

Lentamente, Nick si rilassò e lasciò cadere il pugno. A quanto pareva, aveva appena rivelato al suo collega agente dello Stargate qualcosa di cui non si era ancora reso conto: non aveva solo una passione per Michelle. Si preoccupava del suo benessere, si preoccupava per *lei*.

Senza dire una parola, Nick si girò e si diresse verso il capanno.

17

«Ahia!»

Michelle imprecò, mentre la sua mano scivolava dal manico della pala e un'altra unghia si spezzava nel tentativo di fare leva sulla porta della baracca traballante. Se avesse continuato così, presto non le sarebbero rimaste più unghie.

Ma non poteva fermarsi. Doveva uscire da qui. E se quello sconosciuto avesse ucciso Nick? E una volta morto Nick, quell'uomo si sarebbe occupato di lei. Tremò, nonostante l'aria afosa della notte e non solo perché temeva per la propria vita. Con sua grande sorpresa, era anche preoccupata per Nick, anche se non avrebbe dovuto esserlo. Lui non se lo meritava proprio.

Si era insinuato nella sua vita con delle bugie. Lei non sapeva più a cosa credere. Purtroppo, questo non le impediva di preoccuparsi di ciò che gli potesse succedere. Aveva trascorso una notte meravigliosa con lui e aveva provato una vicinanza che non aveva mai provato con nessun altro uomo.

È solo sesso, le disse una voce nella sua testa. Era vero? Forse. Allora perché il suo cuore si contraeva dal dolore, quando immaginava Nick steso a terra con un proiettile in testa? Cercò di togliersi dalla testa quell'immagine. Non poteva permettere che accadesse. In qualche modo doveva aiutarlo. Voleva credere che lui avrebbe fatto lo stesso per lei, nella stessa situazione, anche se non aveva idea se avrebbe davvero rischiato la vita per lei.

Tuttavia, c'era stato quel breve momento in cui l'uomo armato si era presentato, quando Nick le aveva fatto da scudo con la sua schiena larga, quasi come se fosse stata una reazione automatica. Un istinto di protezione che era scattato. Perché era una donna? O perché era la donna con cui era andato a letto la notte precedente? Se solo lei l'avesse capito.

Le parole di lui riecheggiarono ancora nella sua mente.

Non avevo bisogno di avvicinarmi così tanto. Ma lo volevo.

Era la verità? Era propensa a crederci, non perché fosse un'inguaribile romantica - e lo era - ma perché Nick aveva chiaramente le capacità per ottenere le informazioni che voleva senza andare a letto con lei. Diavolo, era riuscito a rubare la sua chiavetta e *anche* a restituirgliela senza che lei se ne accorgesse, perché, sì, aveva controllato il suo portachiavi nel momento in cui l'avevano gettata nel capanno. E la chiavetta penzolava dall'anello come se non fosse mai sparita.

Nick avrebbe potuto facilmente introdursi nel suo appartamento mentre lei dormiva e prendere ciò che gli serviva. Non c'era nemmeno bisogno di fare la sua conoscenza. Era stato questo il suo piano, all'inizio?

«Non importa», mormorò tra sé e sé.

Stare tra le braccia di Nick le era sembrato giusto. E ora lui le aveva offerto una via d'uscita dalla sua attuale situazione e, dannazione, lei voleva accettare la sua offerta e credere che lui potesse mantenere ciò che aveva promesso. Ma perché ciò accadesse, Nick doveva rimanere vivo. Avrebbe sempre potuto prendere a calci il suo culo bugiardo più tardi e dirgli cosa pensava di lui.

Il suono di una catena tintinnante la strappò dai suoi pensieri.

Merda! Merda! Merda!

Il panico le salì dallo stomaco fino alla gola, facendole battere forte il cuore e togliendole il respiro. Afferrò più saldamente il manico di legno della pala, tenendolo ora con entrambe le mani e sollevandolo per fare leva.

Qualcuno tirò la catena. La porta si mosse avanti e indietro sui suoi cardini per un momento, prima di aprirsi verso l'esterno.

«Ecco fatto».

Era la voce dello sconosciuto.

Senza pensarci due volte, Michelle fece due passi in avanti, superando il telaio della porta, prima di scagliarsi contro la figura scura che la stava aspettando.

«Merda, no, Michelle!».

L'urlo di Nick arrivò a metà del tiro, troppo tardi per ritirare la pala e deviarne il percorso. La figura scura - lo sconosciuto - si spostò di lato, evitando un colpo alla testa, ma una seconda persona - Nick - gli si affiancò. Quando la pala completò il suo arco, atterrò proprio sul sedere di Nick, facendolo volare nel fango.

Nick grugnì.

Lasciò cadere la pala e gli corse a fianco, accucciandosi accanto a lui.

«Cazzo, Michelle, perché l'hai fatto?».

«Oh mio Dio, ti ho fatto male?».

Una risata di pancia dello sconosciuto la fece girare di scatto.

«Credo che voi due abbiate dei veri problemi di relazione su cui dovete lavorare», disse lo sconosciuto.

«Stavo puntando su di te», disse lei con decisione.

«Forse vuoi insegnarle un po' di tiro al bersaglio, amico».

Gemendo, Nick si alzò in piedi e la raggiunse, tirandola in piedi e guardando l'altro uomo dietro di lei. «Do la colpa a te per quel colpo, non a lei. Se non avessi insistito per chiuderla in un capanno pieno di attrezzi da giardinaggio, non sarebbe successo». Poi la guardò. «Michelle, ti presento Yankee». Fece una pausa per un momento. «Una specie di vecchio collega».

Lei si voltò lentamente, guardando lo sconosciuto dalla testa ai piedi. La sua pistola era nella fondina al suo fianco e sembrava un po' meno spaventoso di prima. Ma solo in parte. «Signor Yankee».

Il ragazzo ridacchiò. «Non signor, solo Yankee. Sai, come Bono».

Michelle annuì, poi lanciò un'occhiata a Nick da sopra la spalla. «Hai intenzione di dirmi il motivo di tutto questo?»

«Più tardi. Prima dobbiamo andarcene da qui». Fece cenno a Yankee. «Facci strada».

Nick fece un movimento per seguire il ragazzo, ma Michelle gli afferrò il braccio. «Stai dimenticando qualcosa».

«Te l'ho detto, ti aggiorno dopo».

«Non è di questo che sto parlando». Sospirò. «Ma se non mando subito un messaggio di registrazione a Smith, saprà che è successo qualcosa e mi cercherà. Devo sparire subito o mi prenderà».

Nick si bloccò.

«Ha ragione», disse Yankee, voltandosi verso di loro.

I due uomini si scambiarono un'occhiata, poi iniziarono entrambi a sorridere.

«Bene, allora diamo a questo Smith qualcosa che lo tenga occupato», disse Nick.

«Ho sempre voluto recitare un po'», rispose Yankee. «Vuoi che faccia un accento? So fare il colombiano molto bene».

Nick sgranò gli occhi, mentre Yankee estrasse dalla tasca il cellulare di Michelle e si mise a navigare nel menu.

Michelle si chinò verso Nick, avvicinando la bocca al suo orecchio. «Puoi fidarti di lui?

Prima ti stava puntando una pistola alla testa».

«Proprio come io stavo puntando una pistola contro la tua. Eppure, ti fidi di me».

«Non ho detto questo».

Spostò la testa all'indietro per fissare gli occhi su di lei. «Ma è così». Si girò con il mento in direzione di Yankee. «Mi fido di lui quanto tu ti fidi di me, in questo momento. Dovrà bastare».

«Ehi, se voi piccioncini smetteste di fare quello che state facendo, potremmo far partire questo spettacolo».

Michelle si allontanò bruscamente da Nick, sentendosi arrossire nel buio. Non erano piccioncini, tutt'altro. Erano... beh, non sapeva bene cosa fossero. Non le venne in mente nessuna parola.

«Sono pronto», annunciò Nick e si avvicinò a Yankee.

18

Yankee aprì la porta laterale scorrevole di un furgone scuro. «Salta su».

Nick entrò e offrì la mano a Michelle per aiutarla.

Yankee saltò dentro e si chiuse la porta alle spalle. Si sedette sulla panchina di fronte a quella di Nick e Michelle. «Ok, Fox, parliamo».

Michelle fissò Yankee. «Fox? Chi è Fox?»

«È lui», disse Yankee, indicando Nick.

Michelle lanciò un'occhiata a Nick. «Non ti chiami Nick Young?»

«Ti spiegherò più tardi». Al momento, avevano cose più importanti da discutere.

Yankee scosse la testa. «Quindi non conosce nemmeno il tuo nome in codice? Pensavo fosse la tua ragazza. Significa che anche lei non sa nulla delle tue premonizioni?»

«Premonizioni?» Michelle gli fece eco.

Nick sospirò. «Grazie mille, Yankee. Bel modo di dare la notizia». Le strinse la mano per rassicurarla, ma non era il momento di dilungarsi in lunghe spiegazioni sul suo dono speciale.

«Hai delle premonizioni?» Lei chiese ancora.

Nick annuì. «Non sono l'unico. Anche Yankee le ha».

Yankee annuì. «Sì. Ma una di queste mi è stata ripetuta più volte. La premonizione dell'inferno, la distruzione, la mia pelle che si scioglie per il calore intenso».

La mascella di Nick si irrigidì. «Sei davvero sul luogo dell'esplosione quando avviene? Io no».

«Cosa?» Chiese Yankee.

«Sono da qualche parte su un lago, in una veranda di una villa di lusso».

«Dimmi di più», insistette Yankee.

«Sono davanti al mio computer. Qualcuno che non riesco a vedere mi dà da bere del tè freddo. Penso che sia avvelenato, perché non appena lo bevo e provo a digitare qualcosa sul computer, le mie mani si paralizzano. Non riesco a farlo. Non riesco a fermarlo. Sono impotente. Sullo schermo vedo l'esplosione. Poi l'onda d'urto colpisce il lago e catapulta cinque barche a vela fuori dall'acqua, trasformandole in fiammiferi. È tutto ciò che vedo, prima di essere sbattuto contro il lato della casa».

«Barche a vela su un lago? Mi chiedo se questo significhi qualcosa...» Rifletté Yankee ad alta voce, strofinandosi il mento. «Potrebbe essere un luogo. E la persona che ti dà quel tè freddo che ti paralizza? Riesci a ricordare qualcosa di lui? O di lei?»

Nick scosse la testa. «Vedo solo una mano. È un uomo, questo è certo».

«Ci sono anelli, cicatrici?»

«Non ne ricordo».

«La prossima volta che hai una premonizione, concentrati su questo. Dobbiamo scoprire chi c'è dietro. Nelle mie visioni non vedo nessuno. Potresti essere il primo ad aver intravisto il nostro nemico».

«La prossima volta?» Michelle li interruppe, il suo sguardo rimbalzava avanti e indietro tra i due. «Siete dei sensitivi?»

Yankee si schiarì la gola. «Qualcosa del genere. Ma non perdiamoci d'animo. Dato che è abbastanza chiaro che stiamo vedendo la stessa cosa, è importante che Stargate torni a funzionare. Non solo i nostri nemici stanno cercando di eliminarci uno ad uno, ma stanno anche pianificando qualcosa di importante. Dobbiamo impedirlo. Il problema è che non conosciamo gli altri e non sappiamo dove si nascondono». Fece un cenno a Nick. «Sono stato fortunato a trovarti».

«È da un po' che sto lavorando a una soluzione per questo problema».

Yankee scivolò in avanti sulla panchina di fronte a quella di Nick. «Quale soluzione?»

«Sheppard teneva un file privato su tutti i

membri del suo Stargate. Nomi, foto, storie personali. Separato dal file personale riservato della CIA, che ho la sensazione sia già stato distrutto dal nostro nemico».

«E il file di Sheppard? Pensi che esista ancora? Chi lo ha ucciso non avrebbe distrutto anche quello?»

«Non credo. Sono riuscito a capire che Sheppard ha usato un secondo login alla CIA. L'unica cosa è che non riesco a trovarlo».

«Non capisco».

«Non è facile da spiegare, ma ho trovato le impronte informatiche di qualcuno che accede a determinati file, ma non riesco a risalire a chi. Alla fine, il risultato è sempre il vecchio login di Sheppard, che è stato disattivato molto tempo fa».

«Un login fantasma», disse Michelle.

Nick girò la testa verso di lei. «Sai cosa intendo?»

Lei annuì con entusiasmo. «Ho sentito parlare di qualcosa di simile». Guardò Yankee. «Ero una hacker. Comunque, ho sentito parlare di login fantasma creati da membri di Anonymous per rispecchiare un login reale. Ma quando qualcuno si imbatte in questi login e cerca di rintracciarli, si risale sempre al vero login, quello della persona che viene oscurato o duplicato. È impossibile da rintracciare o trovare. Non è hackerabile». Si guardò negli occhi con Nick. «Era questo che cercavi, quando sei entrato in quei server?»

Annuì. «Stavo cercando di entrare nei registri dell'amministratore di sistema per cercare il login».

«Se si tratta di un login fantasma, questo non ti avrebbe aiutato. Non è presente nei registri».

«Merda!» Nick si passò una mano tra i capelli e lanciò uno sguardo rammaricato al suo collega agente Stargate. «Allora non ho nemmeno modo di accedere ai file di Sheppard. Mi dispiace. È un vicolo cieco».

«Dici che è un login, vero?» Chiese Yankee.

Nick annuì. «Sì.»

«Prima di morire, Echo mi ha dato un braccialetto da custodire. Al suo interno ho trovato due stringhe di nomi e numeri, tutti confusi. Non riuscivo a capire cosa fosse, ma mi disse di trovare te, Fox, perché tu avresti saputo cosa farne». Yankee si frugò nella tasca posteriore, tirò fuori il portafoglio e ne estrasse una striscia di carta. La porse a Nick. «È questo».

Nick lo guardò. Michelle gli prese la mano e avvicinò il pezzo di carta al viso. Nick si scambiò uno sguardo con lei. «Cosa ne pensi?»

«Ha la lunghezza giusta. Tutti i login hanno un minimo di dieci cifre. Lo stesso vale per le password».

«Possiamo fare un tentativo?» Chiese Yankee, sembrando ora speranzoso.

«Certo che possiamo», disse Nick, appoggiando una mano sulla coscia. «L'unico problema è che se questo è il login fantasma, allora l'unico posto in cui funzionerà è il quartier generale della CIA». Aveva sempre saputo che una volta trovato il secondo login di Sheppard, sarebbe dovuto entrare a Langley per eseguire il resto del suo piano dietro i firewall della CIA.

«Ci stai dicendo che dobbiamo irrompere a Langley?»

«Non lo chiamerei irruzione...»

Yankee inclinò la testa, lanciandogli un'occhiata dubbiosa. «Come la chiameresti allora? Una missione suicida?».

«Non sarà una missione suicida», gli assicurò Nick. «Ho un modo per entrare. Ho la scheda di accesso di Sheppard».

Gli occhi di Yankee si allargarono. «Cosa?»

«Beh, non la sua carta vera e propria, ma ho tutti i dati che posso memorizzare su una carta vuota per entrare a Langley».

«È una cosa stupida», lo interruppe Yankee. «E ti dico perché: la CIA avrà sicuramente disattivato l'accesso di Sheppard, dopo la sua morte».

Nick sorrise. «Sì, lo avrebbero fatto, ma non hanno potuto, perché, miracolosamente, subito dopo l'omicidio di Sheppard, qualcuno ha spostato le sue credenziali di accesso in un archivio nascosto».

Il mento di Yankee si abbassò. «Tu?»

«Per servirti. Senza che gli amministratori del sistema sapessero dove erano memorizzati i dati, non potevano disattivarli.

La scheda di accesso di Sheppard è ancora lì. E solo io so dove sono nascoste le credenziali. Tutto quello che devo fare è entrare nel sistema, estrarre i dati, modificarli e trasferirli su una nuova scheda. È semplicissimo».

«Quando dici di modificarli, cosa intendi esattamente?» Chiese Yankee, con curiosità.

Nick indicò il suo volto. «Dovrò sostituire la foto di Sheppard con la mia».

Yankee si grattò il collo. «E sei sicuro di poter entrare nei loro server?»

Nick guardò Michelle che sedeva accanto a lui in un silenzio stupito. «Considerando che l'unica persona che avrebbe potuto fermarmi è ora dalla nostra parte, non vedo alcun problema». Le strinse la mano. «Giusto?»

«Un gioco da ragazzi», confermò Michelle e guardò l'altro agente Stargate. «Inoltre, gli darò una mano».

«Bene, allora credo che dovremo discutere di cosa farai, una volta entrato a Langley. Cosa vuoi che faccia. io?» Chiese Yankee. «Temo di non essere un esperto di computer, ma posso coprirti le spalle». Mise una mano sulla pistola, accarezzandola.

«Temo che la tua piccola amica dovrà rimanere a casa, per questa missione», disse Nick, sorridendo. «Ma puoi fare dell'altro, per me. Puoi essere i miei occhi e le mie orecchie mentre sono dentro».

Nick scambiò uno sguardo con Michelle, che annuì immediatamente, comprendendo cosa intendesse.

«Posso collegarmi al sistema di sicurezza a infrarossi, così possiamo osservare qualsiasi movimento», confermò Michelle.

Nick annuì. «Organizziamo tutto».

19

Ci vollero diverse ore per preparare tutto, poi, finalmente, dopo quella che sembrò un'eternità, Yankee fermò il furgone davanti a un condominio fatiscente e si guardò alle spalle.

«Riposatevi un po'. Domani sarà una giornata difficile».

Nick annuì e prese la mano di Michelle. Lei si alzò dal sedile e gli permise di aiutarla a uscire dal furgone, prima di sbattere la porta e dirigersi verso l'edificio.

Michelle rimase in silenzio, quando lui aprì la porta del palazzo, poi la condusse fino al suo appartamento e la fece entrare. Lo guardò mentre girava il catenaccio e metteva la catena.

Lo aspettò al centro del salotto, con le braccia incrociate sul petto. Voleva delle risposte e, a dire il vero, era sorpresa di aver aspettato così a lungo. Forse il fatto che Yankee aveva un aspetto un po' minaccioso aveva contribuito alla sua insolita pazienza. O forse ci aveva messo un po' più di tempo per superare lo shock di avere una pistola puntata alla testa e di essere rinchiusa in un capanno, prima di riuscire a capire cosa stesse succedendo.

Nick le lanciò un'occhiata da sotto le ciglia scure, lanciandole uno sguardo di valutazione. «Come stai?»

«Beh, vediamo. Considerando che stasera hai minacciato di uccidermi e che il tuo nuovo amico è un po' troppo impaziente con la sua arma, e il fatto che voi due sembrate essere nella merda fino al collo con la CIA, per non parlare di quella strana faccenda dell'essere sensitivi, credo che me la stia cavando piuttosto bene».

Nick fece qualche passo verso di lei, sospirando. «Mi dispiace, Michelle, ma quello che è successo stasera non era nei miei piani».

«Lo vedo. Quello che avevi in mente era di usarmi».

Lui annuì, senza nemmeno confutare la sua affermazione. «L'ho fatto. Ma, come ti ho già detto stasera, dormire con te non faceva parte di quel piano». Allungò la mano e le passò le nocche sulla guancia.

Lei lo lasciò fare, e il tocco ebbe un effetto stranamente calmante su di lei. «So che me l'hai spiegato. È solo un po' difficile da credere, soprattutto perché sembra che ci sia molto in gioco, per te e il tuo amico». Troppo per preoccuparsi davvero dei sentimenti di una donna. «Quindi eri della CIA? Sono sicura che ti abbiano insegnato a non lasciare che i tuoi sentimenti intralcino una missione».

«Ci hanno provato. Ma ci sono momenti nella vita di un uomo in cui deve prendere le proprie decisioni. E fare l'amore con te non faceva parte della mia missione». Abbassò lo sguardo. «Ma capisco se non vuoi crederci. Non mi conosci».

Sorpresa dal suo atteggiamento tranquillo, sospirò. «No, non ti conosco. Non so cosa stia succedendo. Hai detto che mi avresti spiegato tutto. Allora spiegami. Che cos'è questo? Il tuo parlare di visioni, è solo una cortina di fumo?»

Lui sollevò la testa. «Mi piacerebbe. Ma è molto reale. Per tutti noi. Per tutto quelli di Stargate. Ha cambiato le nostre vite. Ci unisce. Ma ci rende anche un bersaglio».

«Voglio capire», disse lei, con dolcezza. «Ho *bisogno di* capire».

«Ho promesso di dirtelo, quindi lo farò». Le prese la mano e indicò il divano componibile che riempiva metà della stanza.

Lo seguì e si sedette accanto a lui.

«Quello che ti sto per dire, non potrai dirlo a nessun altro. Chiunque ne sia a conoscenza è una minaccia per i nostri nemici e anche per noi».

Michelle annuì rapidamente. «Non saprei a chi dirlo. Sono da sola». E di certo non voleva attirare l'attenzione su di sé raccontando storie fantastiche. E poi chi le avrebbe creduto, in ogni caso?

«La mia abilità speciale... la considero un difetto genetico. Per quanto ne so, nessuno della mia famiglia ce l'ha. O almeno nessuno me ne ha mai parlato. Non che io sia vicino a qualcuno di loro, in questi giorni. I miei genitori sono divorziati e credo che né mio padre né mia madre volessero sentirsi ricordare l'errore che è stato il loro matrimonio. Credo che entrambi si siano sentiti sollevati, quando le mie visite sono diventate meno frequenti e hanno potuto concentrarsi sulle rispettive nuove famiglie».

«È un peccato», aggiunse Michelle.

Nick scrollò le spalle, come se non gli importasse. «È quello che è. Avevo già una nuova famiglia, che mi capiva meglio. Facevo già parte della CIA, quando Henry Sheppard mi ha reclutato. All'inizio pensavo che fosse per le mie capacità informatiche, che erano il campo in cui lavoravo a Langley, ma poi ho capito che sapeva che avevo l'ESP. Aveva già avviato un programma top-secret all'interno della CIA, assumendo altre persone come me e addestrandole. Eravamo unici. Ma Sheppard ci capiva. Sapeva cosa significasse nascere con un'abilità speciale che non potevi disattivare. Questo a volte ti perseguita».

«Le visioni?»

«Arrivavano all'improvviso. Come un film che si svolge davanti al tuo occhio mentale. Così reale che pensavi stesse accadendo proprio davanti a te». Poi incontrò il suo sguardo. «Ti ho visto. Il giorno in cui mi hai portato nel tuo appartamento».

«Mi hai visto?»

«Hai attraversato la strada senza guardare a sinistra. Il taxi ti ha investito. Ti ha sbalzato sul tetto e ti ha scaraventato sull'asfalto dietro di lui. Non ti sei mossa». Cercò i suoi occhi. «Non ce l'avevi fatta, Michelle».

Il respiro le si bloccò in gola e il panico salì con esso. «No!» Si mise una mano sulla bocca.

Nick le prese le mani e se le portò in grembo, accarezzandone il dorso con i pollici. «Ecco perché sono corso a prenderti, prima che tu potessi attraversare la strada. Ecco perché ero lì».

«Mi hai vista morire?» La sua voce era un sussurro.

Le lasciò le mani e le prese il viso. «Non potevo permettere che accadesse. E quando mi hai invitato a casa tua per curare i miei lividi, sapevo che non potevo andarmene senza fare l'amore con te. So che avrei dovuto ringraziarti per l'impacco di ghiaccio e andarmene, ma sapendo quello che era quasi successo, mi è stato impossibile mantenere la calma. Avevo bisogno di sentirti».

Le lacrime le punsero gli occhi. «Mi hai davvero salvato la vita...» Tirò su col naso. «Ma allora perché mi hai quasi uccisa, stanotte?»

Lui chiuse gli occhi per un attimo fugace. «Pensavo che ti avessero mandato per uccidermi. Michelle, gli agenti Stargate sono braccati. Qualcuno ha ucciso il nostro capo, tre anni fa e il resto di noi è in fuga, da allora. Qualcuno ci sta dando la caccia e ci ucciderà alla prima occasione. Chiunque sia, vuole spazzarci via. Siamo una minaccia, per lui. E credo di sapere perché: sta progettando qualcosa di grosso».

«Quella premonizione, quella dell'inferno», mormorò Michelle.

«Sì. È un evento del futuro. E solo gli agenti Stargate sanno che accadrà. Se riusciremo a capire di cosa si tratta, potremmo essere in grado di prevenirlo. E credo che la persona che ha ucciso Sheppard ne sia consapevole. Ecco perché ci vuole tutti morti». Le passò una mano tra i capelli. «Quando ti sei presentata all'incontro di stasera, ho pensato che fossi uno dei suoi sicari. Avevo già intuito che lavoravi per lui. Solo che non ero sicuro che le tue competenze andassero oltre l'informatica».

«Quindi pensi che Smith sia l'uomo che ha ucciso Sheppard?».

«In mancanza di altri indiziati, devo supporre che lo sia. Come minimo, è collegato a chi ci vuole morti. Ti ha convinto a cercare di tenermi fuori dai server della CIA. Sa che sto cercando di accedere ai file per poter resuscitare Stargate. Ecco perché ti ha usato per negarmi l'accesso. Ma devo arrivare a quei file. Con quelli avremo maggiori possibilità di trovare gli altri».

«Non credi che stia usando gli stessi file per trovare tutti voi?».

«Probabilmente è così. Dobbiamo essere più veloci, altrimenti ci farà fuori uno a uno».

Michelle rabbrividì. «Noi non possiamo permettere che accada».

Lui sorrise improvvisamente. «Noi?»

«Beh, ora siamo una squadra, no? O hai intenzione di puntarmi di nuovo la pistola contro?»

Ridacchiò dolcemente. «Non quel tipo di pistola».

Michelle aspirò una boccata d'aria e la rilasciò con uno sbuffo indignato. «Oh, mio Dio, non posso credere che tu abbia detto questo. Che problema hanno, gli uomini? C'è mai un momento in cui non pensate al sesso?»

Nick le fece l'occhiolino. «Ti farò sapere non appena succederà».

20

Prima che Michelle potesse lanciargli qualcosa, Nick la prese tra le braccia e la immobilizzò.

«Non riesco a trattenermi, con te», le confessò. «Di solito non sono così aggressivo, quando si tratta di donne. Sono più il tipo di ragazzo timido che viene da...»

«Sì, sì, dall'Indiana», lo interruppe lei, alzando gli occhi al cielo. «Che ne dici di smettere di recitare e di mostrarmi chi sei veramente? Non me lo merito, dopo che mi hai quasi sparato, stasera?»

«Non ti ho quasi sparato».

«Puntare una pistola sulla mia fronte dice il contrario».

«Non smetterai mai di rinfacciarmelo, vero?»

«Non finché posso usarlo come merce di scambio», ammise lei.

«Mi arrendo. Cosa vuoi?»

Sollevò il mento. «Te. Il vero te stesso. Solo per stasera. Voglio che tu mi mostri cosa c'è dietro quella facciata».

«Potresti rimanere delusa. L'uomo dietro l'agente segreto non è poi così interessante. È solo un ragazzo normale con un dono non tanto normale. Tutto qui».

Michelle fece un sorriso complice. «Forse è questo che trovo interessante: un ragazzo normale. La mia vita è già abbastanza folle così com'è. Vorrei solo fingere, per una notte, di avere una vita normale con un ragazzo normale e dimenticare che il governo ci sta cercando entrambi».

«Solo per una notte?»

«È tutto ciò di cui ho bisogno».

Lui la guardò profondamente negli occhi, cercando nelle loro profondità blu qualcosa di più. Era davvero solo una notte, quella che voleva? E lui cosa voleva? Si sarebbe accontentato di una sola, sapendo che sperare in qualcosa di più era da pazzi?

«E dopo?» Si ritrovò a chiedere.

Lei guardò di lato, evitando i suoi occhi. Lui non la costrinse a girare la testa, non le fece dire quello che voleva davvero, perché sapeva istintivamente che non poteva darle di più. «Non pensiamo a domani».

«Va bene, allora». La sollevò tra le braccia e si alzò. «Andiamo a letto».

Lei gli allacciò le mani dietro il collo, mentre lui la portava in camera da letto. Entrando, Nick girò l'interruttore della luce e le lampade del comodino si accesero, illuminando la stanza con una luce soffusa.

«Mi dispiace per il disordine. In genere non ricevo visite».

La mise in piedi.

«Non mi interessa. Spero solo che tu abbia dei preservativi, qui».

Indicò il comodino. «In abbondanza. Non dovrai preoccuparti di questo». Le prese un ricciolo di capelli e lo avvolse intorno all'indice. «Dovresti preoccuparti di quanto sarai dolorante domattina».

Michelle gli accostò la testa al viso. «Non fare promesse che non puoi mantenere».

«È una sfida?»

«E se fosse così?»

«Allora temo che il *ragazzo normale* qui presente dovrà attingere alle sue abilità di agente segreto e dimostrarti che prenderlo in giro ti metterà solo nei guai».

Lei mise il broncio. «Ma *sono* già nei guai».

«Oh, questo è un tipo di problema molto diverso». Prese la maglietta a maniche lunghe e gliela tirò sopra la testa. «È il tipo di problema che è meglio godersi da nudi».

Un attimo dopo i suoi jeans finirono sul pavimento, insieme alle scarpe e alle calze. Era assolutamente sexy con il reggiseno nero e il perizoma abbinato.

«La regola della nudità vale anche per te?» Gli mormorò.

Nick si strappò la maglietta, liberandosene. Il resto degli indumenti si unì alla maglietta solo pochi secondi dopo, finché non si trovò di fronte a lei, nudo. Non era mai stato timido riguardo al suo corpo, ma il modo in cui Michelle lo guardava lo rendeva più consapevole di quanto non lo fosse mai stato prima. Il suo sguardo viaggiò su di lui fino a fermarsi sull'inguine.

Prese il suo cazzo completamente eretto nel palmo della mano e lo strinse, prima di accarezzarlo dalla punta alla radice. Quando lei si leccò le labbra, Nick gemette involontariamente e i suoi occhi si concentrarono su quelle labbra lussureggianti.

Lo sguardo di lei si spostò sul viso di lui.

«Spogliati per me», le chiese, con la voce roca per l'eccitazione che si era impossessata del suo corpo. Quando Michelle allungò la mano dietro la schiena, lui la fermò. «Fai con calma. Mi piace guardare».

Lei sorrise in modo peccaminoso. «Quindi questo è il vero Nick. Non il timido ragazzo dell'Indiana, ma l'insaziabile guardone».

«Non c'è niente di male in un po' di voyeurismo nel momento giusto». Inclinò il mento nella sua direzione. «Mi è piaciuto guardarti allo specchio, quando ti ho presa, ieri sera. Chiamalo voyeurismo, se vuoi. In ogni caso», indicò il reggiseno. «Spogliati, piccola, o potrei doverti piegare di nuovo su quel lavandino per avere la mia dose di piacere».

Nick notò il brivido visibile che percorse il suo corpo e la pelle d'oca che lasciò nella sua scia. Non poté fare a meno di sorridere. Sì, Michelle aveva apprezzato molto il loro piccolo interludio in bagno. Il solo pensare a questo momento fece aumentare la sua eccitazione, aumentando la circonferenza del suo cazzo già duro.

Alla fine, Michelle assecondò la sua richiesta e fece scivolare entrambe le mani sul busto, accarezzando lentamente i suoi seni. Intrecciò le dita sotto le spalline del reggiseno e le scostò dalle spalle. Il tessuto setoso che copriva le sue vette iniziò a scivolare, ma si impigliò nei suoi capezzoli duri e impedì un'ulteriore rivelazione. Con uno sguardo civettuolo, Michelle passò le dita sui seni e sotto le coppe sottili, spingendole più in basso. Ora i capezzoli erano coperti dalle sue mani.

Nick si diede un forte strattone al cazzo. «Strizzali».

Come una brava ragazza, lo fece. Poi prese i capezzoli tra pollice e indice e li fece rotolare.

A quella vista erotica, emise un gemito e una goccia di umidità fuoriuscì dalla sua asta. «Toglilo», ringhiò.

Lentamente, lei spostò le mani dietro la schiena per lavorare sulla chiusura. L'azione spinse i suoi seni verso di lì come se glieli stesse offrendo. Lui non riuscì a resistere e attraversò la distanza tra loro con un solo passo.

Le sue mani si posarono sui suoi seni nel momento in cui il reggiseno cadde a terra. Li sentiva caldi e sodi nelle sue mani. Li strinse, all'inizio delicatamente, ma la sensazione della sua carne deliziosa nei suoi palmi era troppo, da sopportare. Abbassò la testa e leccò prima uno e poi l'altro picco.

«E le mie mutandine?» Chiese lei, con un'aria innocente nella voce.

«Mi occuperò io di loro».

Con le labbra intorno a un picco duro, prendendo in bocca quanto più seno possibile e succhiandolo, fece scivolare la mano destra lungo la parte anteriore del busto, fino a quando le dita non urtarono contro l'orlo di pizzo del perizoma. Senza fermarsi, si immerse al di sotto di esso, facendo di nuovo conoscenza con il suo sesso nudo.

Con la mano sinistra, le afferrò la gamba e la sollevò, per farla aderire alla sua coscia esterna. Le braccia di Michelle si strinsero intorno a lui per tenersi in equilibrio, mentre le dita di lui erano già impegnate a scendere in profondità.

La sua fessura era umida e calda. I suoi umori gli bagnarono le dita e l'odore iniziò a permeare la sua camera da letto. Sollevò la testa dai suoi seni.

«Sei o non sei una ragazza cattiva? Guarda come sei già bagnata e non ho nemmeno iniziato».

Con gli occhi sbarrati lei lo guardò: «Allora è meglio che cominci».

«Sì, sarò meglio». Le pose di nuovo la gamba a terra, poi usò entrambe le mani per toglierle le mutandine. «Sdraiati sul letto».

Senza togliergli gli occhi di dosso, lei fece un passo indietro e si abbassò sul piumone con una grazia felina. Inclinò una gamba per dargli la possibilità di vedere il suo luogo più intimo, come se lui avesse bisogno di un invito così evidente.

Nick la seguì sul letto, allargandole le gambe per farsi spazio. «Ti è piaciuto, quando ti ho leccato, l'altro giorno?».

Gli occhi di lei si allargarono e un rossore le salì sulle guance. «Sai che mi è piaciuto».

«Allora forse dovremmo iniziare proprio con quello», propose lui, abbassando la testa verso il suo sesso e premendo le labbra sulla sua carne calda e umida. Con la lingua le separò le pieghe e lambì la sua eccitazione.

Sotto di lui, Michelle tremava e gli faceva gonfiare il petto l'orgoglio sapere che poteva darle questo tipo di piacere. Voleva che lei dimenticasse la paura delle ultime ore e dimostrarle che lui non aveva portato solo pericolo e minaccia nella sua vita, ma che era in grado di regalarle anche passione e piacere.

Quando lei gli mise una mano sulla nuca e gli accarezzò il cuoio capelluto, un brivido attraversò il suo corpo, mandando una fiamma di caldo desiderio nel suo inguine. Gemette sulla sua carne, facendole capire l'effetto che gli faceva, come il suo tocco lo eccitasse e il suo sapore lo faceva desiderare di avere di più.

«Oh, Nick», mormorò con il respiro affannato, mentre i suoi fianchi ondeggiavano.

Le parole e le azioni di lei lo spronarono, lo spinsero a leccarla con ancora più determinazione. Ogni gemito che lei emetteva, ogni movimento del suo corpo si aggiungeva alla sua eccitazione perché stava dando piacere alla bella donna tra le sue braccia, nel suo letto. Perché ora lei si fidava di lui, si fidava del suo corpo e forse, un giorno, avrebbe potuto fidarsi anche del suo cuore. Ma sapeva di doversela guadagnare, questa fiducia.

Un cambiamento nel respiro di Michelle

gli fece capire che era sull'orlo dell'orgasmo. Una feroce sensazione di possessività lo attraversò sapendo che era stato lui a portarla a tali livelli. Il pensiero che ci potessero essere altri uomini dopo di lui lo fece ringhiare, anche se non aveva il diritto di pensarlo. Non aveva nulla da offrire a Michelle, se non una vita in fuga.

Michelle si contorse nelle lenzuola, i suoi gemiti ora erano più pronunciati, le sue mani stringevano il piumone, le nocche erano bianche, aggrappandosi come in una questione di vita o di morte.

Avvolse le labbra intorno al suo clitoride e risucchiò il piccolo nodo nella sua bocca, premendo su di esso, mentre stuzzicava le sue pieghe con il suo dito bagnato.

Il suo corpo esplose in un gemito e lui guidò il dito nel suo canale in contrazione, sentendo i muscoli di lei stringersi su di lui, imprigionandolo nel suo calore. Un'onda dopo l'altra avvolse il suo corpo, l'orgasmo la prese, mentre lui continuava a leccare il suo clitoride, strappando altro piacere al suo corpo.

Quando lei si accasciò con un sospiro soddisfatto, Nick sollevò la testa.

Michelle era uno spettacolo da vedere. Il suo viso era arrossato, il suo corpo luccicava, i capezzoli erano duri e invitanti. I suoi occhi erano socchiusi, ma lo guardava, con un sorriso tenero sulle labbra carnose.

Senza dire una parola, si chinò verso il comodino e recuperò un preservativo. Lo srotolò sul suo cazzo dolorante e si posizionò di nuovo tra le sue cosce aperte.

Guardandola negli occhi, guidò la sua erezione verso il suo sesso umido, scostando delicatamente le piccole labbra. Al rallentatore, scivolò dentro di lei, sentendo come le pareti del suo canale lo avvolgevano in una carezza amorevole.

Le gambe di Michelle si sollevarono e lei le avvolse intorno alla parte posteriore delle sue cosce, tirandolo a sé. «È bello», mormorò.

«Sì». E poteva renderlo ancora più bello, senza muoversi con forza e velocità, ma prendendosi il suo tempo, stasera. Amandola lentamente e con tenerezza. Come se avessero tutto il tempo del mondo.

Si sostenne sui gomiti e sulle ginocchia, facendo attenzione a non schiacciarla sotto il suo peso, e le scostò una ciocca di capelli dal viso. Lentamente tirò indietro i fianchi, permettendo al suo cazzo di scivolare fuori da lei fino a quando solo la punta rimase dentro, prima di scendere di nuovo con un respiro misurato.

«Voglio fare l'amore con te tutta la notte». Sfiorò le labbra di lei, facendole sentire il suo stesso sapore, e le accarezzò il viso con i polpastrelli. «Voglio che tu sappia che non ti farei mai del male».

Sbatté le ciglia e lo guardò negli occhi. «Ora lo so».

«Non importa cosa accadrà domani, voglio che tu ricordi questa notte. Voglio che tu sappia che se potessi, ti darei molto di più di una sola notte».

Lei aprì la bocca per protestare, ma lui le mise un dito sulle labbra.

«Ti meriti molto di più».

Le prese le labbra e la baciò, mettendoci dentro tutte le cose che non riusciva a dire, mentre i suoi fianchi si muovevano con un ritmo tranquillo, il suo cazzo scivolava dentro e fuori di lei, senza fretta, senza correre. Perché questa notte non si trattava della corsa verso il finale, ma del viaggio, del piacere di arrivarci. Si trattava di Michelle.

Il suo corpo si riscaldò e il sudore si accumulò sulla sua pelle. Il contatto tra pelle e pelle era ancora più morbido, naturale e sensuale.

Il calore negli occhi di Michelle, mentre lo guardava, gli riempì il cuore di speranza. Le sue mani erano su di lui, lo toccavano, lo esploravano, lo accarezzavano. Tutto il suo corpo ronzava di consapevolezza, il piacere cresceva dentro di lui, facendo battere il suo cuore più velocemente e il sangue gli scorreva nelle vene con la stessa velocità di una locomotiva.

Anche se non voleva ancora raggiungere l'orgasmo, il suo corpo non gli diede scelta. Essendo legato a Michelle in modo così intimo, si lanciò verso l'inevitabile. Non avrebbe potuto fermarlo, come non avrebbe potuto fermare uno tsunami.

Quando la prima scarica di piacere arrivò al suo cazzo, cercò di trattenerla, ma l'ondata stava già arrivando, lo stava già colpendo in pieno. Lo sperma caldo esplose dalla punta del suo cazzo e gli spasmi scossero il suo corpo, facendo sussultare i suoi fianchi e sbattere il suo cazzo contro il centro morbido di Michelle con una forza tale che temette di farle male.

Ma quando i loro occhi si incrociarono, vide solo piacere, in quegli occhi blu. Poi il suo corpo si fermò per una frazione di secondo, prima che un brivido visibile la invadesse e i suoi muscoli interni lo stringessero con forza.

Il suo grido di liberazione lo attraversò, riaccendendolo e provocandogli un'altra intensa ondata di piacere.

Respirando a fatica, si accasciò su di lei, riuscendo solo all'ultimo secondo a reggersi sui gomiti. Le ginocchia gli tremavano. Notando il petto ansante di Michelle, rotolò sulla schiena e la lasciò andare.

Lui girò la testa di lato, guardandola, senza riuscire a dire una parola. Lei si spostò di fronte a lui. Lui la raggiunse, intrecciando le dita con le sue.

Senza parole, lei fissò le loro mani unite. Lui capì che lasciarla andare sarebbe stata la cosa più difficile da fare.

21

«Stai molto bene», disse Michelle, indicando il completo blu da ufficio di Nick.

Si trovavano sul ciglio di una strada a poco più di tre chilometri dalla sede della CIA a Langley, in Virginia. Erano arrivati con tre auto: il furgone che guidava Yankee, una Toyota Corolla poco appariscente e una Buick grigia. All'inizio Michelle non aveva capito la necessità di avere così tante auto, ma Yankee le aveva spiegato che Nick doveva arrivare da solo, al parcheggio, perché era l'unico che poteva far passare un'auto dal cancello con il suo tesserino identificativo della CIA. Lei e

Yankee avrebbero dovuto aspettare a distanza di sicurezza. Una volta che Nick fosse tornato, avrebbe dovuto abbandonare l'auto che aveva usato per entrare nella CIA e avrebbero dovuto essere in grado di cambiare auto, nel caso in cui fossero stati seguiti. Da qui la necessità della Buick.

Nick si sistemò la cravatta. «Il codice di abbigliamento è piuttosto formale, a Langley. Non voglio dare nell'occhio».

«Non preoccuparti, andrai bene», disse Yankee, con sicurezza.

Nick prese la mano di Michelle e la strinse in modo rassicurante. «Sono stato lì dentro molte volte. So come muovermi».

«E se ti riconoscessero?» Gli chiese.

«Anche se succedesse, ci sono così tanti agenti segreti che brulicano in quel posto, che nessuno mi farà domande. È così che funziona, lì dentro. Non è vero, Yankee?»

L'altro agente Stargate annuì con un grugnito. «Certamente. Anche se non è privo di rischi». Indicò il tesserino identificativo che Nick aveva appuntato sul taschino. «Questo ti farà entrare, certo, ma sai bene quanto me che il codice incorporato nell'ID di Sheppard farà emergere ogni tipo di bandiera rossa. E una volta che queste arrivano alla persona giusta, il gioco è fatto».

Michelle si sentì come se qualcuno le avesse appena tolto l'aria. «Cosa?» Lanciò un'occhiata a Nick. «Perché non me ne hai parlato? Pensavo che nessuno sapesse del tesserino identificativo».

«Era così quando era nascosto nell'archivio segreto, ma nel momento in cui l'ho attivato per me stesso, è diventato visibile a chiunque abbia voglia di guardare». Scrollò le spalle. «Non preoccuparti, questa è una burocrazia come un'altra. Gli amministratori della sicurezza del sistema che lavorano per la CIA sono oberati di lavoro e sottopagati, come chiunque altro. Non hanno il tempo di inseguire ogni singola anomalia».

Lei non gli credette. Il modo in cui lui evitava il suo sguardo le diceva che anche lui ne era consapevole.

«Ho almeno un'ora, prima che capiscano

che il documento è falso», disse Nick, cercando di tranquillizzarla.

«Al massimo», aggiunse Yankee.

Nick gli lanciò un'occhiata di traverso. «Non sei d'aiuto».

«Se stai parlando di sostenerti quando menti alla tua ragazza sul rischio che stai correndo, allora no, non ti sto aiutando. Non sapevo che facesse parte del mio lavoro».

Michelle si avvicinò a Nick. «Pensavo che dopo ieri sera...» Esitò, cercando lo sguardo di Nick. «Pensavo che saremmo stati onesti, l'uno con l'altra».

Le passò le nocche sulla guancia. «Lo siamo. Ma non volevo farti preoccupare. Fidati di me, posso farcela. Ho lavorato come analista informatico a Langley per molti anni. So come funzionano le cose lì».

«Non ne avevi parlato prima», lo interruppe Yankee.

Nick scrollò le spalle. «Come pensi che sia riuscito a nascondere l'identità di Sheppard? Nel momento in cui ho ricevuto la sua richiesta di soccorso, ho fatto il possibile per lasciarmi una porta posteriore aperta.

Sapevo che un giorno avrei dovuto essere in grado di rientrare. Ma ho dovuto scappare, proprio come tutti voi. Era tutto ciò che potevo fare nei pochi minuti che avevo a disposizione». Si voltò verso Michelle. «Sarò dentro e fuori in un attimo. Non batteranno ciglio».

Nonostante la spiegazione rassicurante di lui, il dubbio dentro di lei non si placò. «Sei sicuro?»

«Positivo. Ora...»

La suoneria del telefono usa e getta di Michelle lo interruppe.

Lo tirò fuori dalla tasca, con il cuore che le batteva in gola. Solo una persona conosceva questo numero e l'avrebbe contattata: Il signor Smith.

Prima che lei potesse leggere il messaggio, Nick le prese il cellulare e lo guardò. Quando alzò di nuovo lo sguardo, la preoccupazione si diffuse sul suo volto, facendo apparire delle rughe sulla fronte, intorno agli occhi e sulla bocca.

«Cazzo, che tempismo di merda», sbottò Nick, scambiando un'occhiata con Yankee.

Michelle prese il telefono e lesse il messaggio. Smith voleva un incontro *ora*? Dannazione. «Tra due ore? Non avremo il tempo di tendergli una trappola». Guardò Nick. «Dobbiamo andarcene subito. Devi andare a Langley un altro giorno».

Nick scosse la testa. «Non posso. L'ID è già attivo. Domani, diavolo, oggi pomeriggio stesso, sarà già stato segnalato come falso e mi arresteranno nel momento in cui metterò piede nell'edificio. È ora o mai più».

«Merda, merda, merda!» Michelle imprecò. C'era solo una soluzione, allora. E per quanto la odiasse, sapeva che era la loro unica possibilità. «Dobbiamo dividerci».

«Fuori discussione, cazzo!» Nick sbottò.

«Ascoltami e basta».

«Michelle, non lo incontrerai da sola. È un suicidio».

«Non ho intenzione di incontrarlo da sola. Ma qualcuno deve andare lì per organizzare la sorveglianza». Indicò il messaggio di testo. «Vuole incontrarmi sull'isola che ospita il Parco Lady Bird Johnson. Lo conosco. È di fronte al Pentagono, separata dal Boundary Channel».

«Cos'è il Boundary Channel?» Chiese Yankee.

«Una via d'acqua che si collega al fiume Potomac», spiegò e guardò Nick. «Ci sono due modi per entrare e uscire dall'isola: attraverso la strada panoramica George Washington Memorial Parkway o con una barca. C'è un porto turistico sulla punta meridionale dell'isola, il Columbia Island Marina».

«Cosa stai dicendo?» Chiese Nick.

«Qualcuno deve predisporre una sorveglianza elettronica lì, nel caso in cui ci sfugga. Dobbiamo essere in grado di sapere se lascia l'isola in auto o in barca. E io sono l'unica che ha le conoscenze tecniche per farlo».

«Anche Yankee», protestò Nick, guardando Yankee in cerca di sostegno.

«Esatto. So fare le mie cose». Yankee sembrò offeso.

Michelle gli lanciò un'occhiata. «Io le so fare meglio, senza offesa. Inoltre, Nick ha bisogno di te qui. Devi guidarlo, una volta che sarà dentro. E se qualcosa andasse storto, dovrai tirarlo fuori».

Vedeva Nick alle prese con la decisione che doveva prendere. «Non mi piace».

Sospirò. «Lo so. Ma io lavoro velocemente. Avrò finito molto prima che Smith si faccia vivo. A quel punto, tu avrai lasciato Langley, ci potremo incontrare fuori Arlington e poi potremo sorprendere Smith insieme. È la soluzione migliore».

Nick lanciò un'occhiata a Yankee. Il suo amico annuì, dopo qualche secondo.

«Ha ragione, amico. Non abbiamo più tempo».

Nick prese entrambe le mani di Michelle tra le sue. «Vai lì, posiziona le telecamere e vattene. Mi hai sentito? Non devi stare lì intorno. Devi solo entrare e uscire. Se non sarai alla metropolitana di Arlington entro un'ora esatta, ti farò il culo quando ti prenderò. È chiaro?»

Lei annuì, con il cuore in fibrillazione per la sua appassionata affermazione.

«Assicurati che Yankee possa contattarti,

mentre sono lì dentro. Hai un cellulare, con te?»

Michelle scosse la testa. «Solo l'usa e getta di Smith».

Nick lanciò un'occhiata a Yankee, che annuì e disse: «Ho dei ricambi».

Annuendo in segno di assenso, Nick si rivolse di nuovo a lei: «Prendi il furgone. C'è tutta l'attrezzatura di cui avrai bisogno». Si rivolse a Yankee. «Io prendo la Toyota. Yankee, tu aspetterai nella Buick e porterai con te il sistema di comunicazione, così io e te potremo comunicare quando sarò dentro e tu potrai guardarmi le spalle».

Quando Nick si voltò verso di lei, il suo sguardo era acceso. La prese tra le braccia, la baciò ferocemente e poi la lasciò altrettanto bruscamente.

22

Nick tirò un sospiro di sollievo quando la guardia al cancello d'ingresso del campus della CIA gli restituì il documento d'identità e sollevò il cancello per lasciarlo passare. Premette il piede sull'acceleratore e diede gas alla Toyota, percorrendo il lungo vialetto fiancheggiato da alberi e cespugli.

L'intero campus di Langley era circondato da una fitta foresta e sembrava come un'isola. Diversi enormi parcheggi, tutti in superficie, circondavano il grande edificio, o meglio gli edifici, dato che il quartier generale della CIA era in realtà composto da tre edifici separati, ma collegati tra loro. Una volta entrata in uno di essi, una persona poteva raggiungere qualsiasi posto, naturalmente con le giuste credenziali di accesso.

Un cortile interno era parzialmente coperto da una massiccia tettoia a forma di tenda, mentre altre aree erano aperte e offrivano un po' di verde per rilassarsi all'interno della struttura in cemento e vetro.

Nick si diresse verso il parcheggio più vicino all'ingresso principale. Nel caso in cui qualcosa fosse andato storto, avrebbe dovuto raggiungere velocemente la sua auto per lasciare il campus della CIA prima che chiudessero tutto. Era ancora presto. Molti dipendenti erano appena arrivati. Aveva scelto questo orario, sapendo che nei momenti di maggior affluenza aveva più possibilità di passare inosservato. Al mattino, tutti erano troppo preoccupati di prendere la prima tazza di caffè e non erano ancora completamente svegli.

Nick uscì dall'auto e la chiuse, poi si diresse con calma verso l'ingresso. Con la coda dell'occhio, osservò altri uomini e donne che facevano lo stesso. Alcuni tenevano in mano dei bicchieri di carta per il caffè, altri portavano delle valigette. La maggior parte di loro indossava un completo o un abbigliamento casual da ufficio.

Per tre anni Nick aveva aspettato questa opportunità e ora era finalmente arrivata. Come se il suo posto fosse ancora qui, attraversò le porte di vetro ed entrò nell'atrio di marmo e granito bianco e grigio. Non era cambiato nulla. Una fila di tornelli lo attendeva. Al di là di essi, il noto sigillo della CIA, fatto di piastrelle di granito bianco e grigio, era incastonato nel pavimento.

Si mise in fila a uno dei tornelli, aspettando il suo turno per strisciare il tesserino identificativo. La persona che lo precedeva lo attraversò rapidamente e lui la seguì, strisciando il suo tesserino.

Un segnale acustico acuto suonò e una luce rossa lampeggiò al suo tornello.

L'adrenalina lo attraversò.

Merda!

Una guardia di sicurezza si avvicinò a lui, dando un'occhiata al suo tesserino identificativo. «Mi dispiace, signore, stamattina abbiamo avuto dei problemi con questo sportello, quando le persone passano troppo velocemente. La prego di riprovare ora».

Nick fece un sorriso falso e annuì. «Nessun problema».

Con il cuore che gli batteva in gola, passò di nuovo il tesserino. Una luce verde lampeggiò subito.

«Vada pure, signore», disse la guardia di sicurezza, facendogli cenno di passare. «Ora è tutto a posto. Buona giornata».

«Anche a lei».

Sollevato, Nick attraversò il tornello e camminò fino alla fine del corridoio. Il sudore gli colava dal collo e scompariva sotto il colletto della camicia inamidata. Un altro incidente del genere e avrebbe avuto un infarto a trentatré anni.

Concentrandosi sul compito da svolgere, Nick lasciò vagare lo sguardo. Sapeva ancora come muoversi, anche se erano passati più di tre anni dall'ultima volta che era stato a Langley. Il labirinto di corridoi non gli era mai sembrato scoraggiante. Gli piaceva la sfida, gli piaceva capire quale fosse la strada più veloce per andare dal punto A al punto B.

Come se fosse il suo posto, Nick camminò con sicurezza. Non esitò mai, pianificando sempre in anticipo, la sua mente tracciava costantemente il percorso davanti a lui, in modo da non doversi fermare per orientarsi. Non avrebbe dato a nessuno un motivo per guardarlo con sospetto.

Non prese l'ascensore, ma utilizzò le scale, non volendo trovarsi in uno spazio ristretto dal quale sarebbe stato difficile fuggire, se qualcuno lo avesse riconosciuto. Anche se era improbabile, c'era sempre la possibilità di imbattersi in qualcuno che conosceva Sheppard e che quindi sapeva che il distintivo appeso alla tasca di Nick non era il suo, anche se mostrava il suo volto.

Gli sembrò che ci volesse un'eternità per raggiungere il corridoio giusto. Si avvicinò alla porta con la scritta *Area Riservata* e si fermò. All'esterno c'erano un lettore di schede e una telecamera.

Nick strisciò il suo tesserino, poi alzò il viso verso la telecamera, sapendo che un software di riconoscimento facciale stava per scansionare il suo volto e confrontarlo con la foto in archivio, quella che lui stesso aveva caricato nei sistemi della CIA.

Passarono alcuni secondi, poi sentì un clic. Nick spinse contro la porta. Questa si aprì verso l'interno. La attraversò e lasciò che la porta si chiudesse alle sue spalle. Qui era più tranquillo, anche se sapeva di non essere solo. Lungo il corridoio c'erano diverse stanze con le porte chiuse.

«Sono dentro», sussurrò nel piccolo microfono nascosto sotto il bavero della giacca.

«Bene, ti ho localizzato».

Sentì la risposta di Yankee all'orecchio e sospirò di sollievo. Il GPS nel tacco della scarpa di Nick stava inviando un segnale al suo collega agente Stargate. Il sistema a infrarossi a cui Michelle si era collegata e che aveva mostrato a Yankee come usare, stava facendo il resto.

«Cammina dritto», disse Yankee, dandogli la prima istruzione attraverso l'auricolare.

Con calma esteriore, Nick superò le porte chiuse fino a raggiungere una curva del corridoio.

«Ora a sinistra».

Girò a sinistra.

«Terza porta».

Nick contò. Alla terza porta si fermò. C'era solo un numero, nessun'altra indicazione di cosa ci fosse dietro.

«È vuoto?» Chiese Nick, mantenendo la voce bassa.

«Sì. Gli infrarossi indicano che non ci sono umani all'interno. Puoi andare».

Nick aprì la porta e si infilò dentro, richiudendola alle sue spalle. Il ronzio nella stanza era creato dai numerosi computer allineati su una parete.

«Mi metto in silenzio», disse a Yankee.

«Capito».

Nick si avvicinò al primo computer e toccò il mouse. La schermata di login si aprì come previsto. Tirò fuori dalla tasca il foglio che Yankee gli aveva dato e lo mise accanto alla tastiera, poi digitò la stringa di numeri e lettere nell'area di login e password sullo schermo. Pregando di essere sicuro che si trattasse del login fantasma di Sheppard, premette il tasto *Invio*.

Ci volle solo un secondo perché apparisse un desktop blu. *Benvenuto, Henry,* recitava a grandi lettere prima che la scritta svanisse sullo sfondo e lasciasse spazio a diverse icone.

Non fu difficile orientarsi. Sheppard era un uomo organizzato, che teneva ogni cosa al suo posto.

Sotto una cartella chiamata *Famiglia*, Nick trovò una cartella chiamata semplicemente *I miei ragazzi*. Per Sheppard, i suoi agenti Stargate erano stati la sua famiglia.

Per un breve istante, il cuore di Nick si strinse. Sheppard era stato davvero un padre per lui e, molto probabilmente, anche per gli altri agenti Stargate. Sapere che li aveva visti come suoi figli gli fece tornare alla mente il dolore per la sua perdita. Ma ora non aveva tempo per crogiolarsi in quel dolore.

Nick cliccò sulla cartella.

Lo shock lo fece sobbalzare. La cartella era vuota.

«Merda!» Imprecò.

«Cosa c'è che non va?» Chiese Yankee.

«Non ora!»

Disperato, Nick cercò nel resto delle cartelle. Tutte vuote!

«Cazzo!» Imprecò. «Qualcuno è arrivato prima di noi! I file sono tutti spariti!».

«Merda!» Yankee grugnì.

«Aspetta!» Aveva appena avuto un'idea. «Il cestino». Forse non era stato svuotato e i file cancellati erano ancora lì dentro.

Nick cliccò sull'icona. Anche questa era vuota.

«Cazzo!» Tutto questo per niente. Scalciò contro la scrivania, frustrato. «Qualcuno sapeva che saremmo venuti».

«Esci da lì!» Gli ordinò Yankee. «Ora!»

«Ci deve essere un altro modo», borbottò Nick tra sé e sé. Doveva esserci. Scorse ancora una volta tutte le icone sul desktop.

«Dannazione, Fox, devi andartene!»

Nick scosse la testa, quando i suoi occhi caddero improvvisamente su un'icona che aveva ignorato. «Il sistema di backup».

«Cosa?»

«Tutti i computer vengono sottoposti a backup regolari. I file di backup vengono conservati per diverso tempo». Doveva solo capire dove fossero conservati i file di backup.

Rapidamente, Nick aprì il pannello di controllo e cercò l'area giusta per poi scansionare le informazioni e trovare il percorso del file che stava cercando.

Pochi istanti dopo, ci arrivò. C'erano centinaia di file di backup relativi ai file di Sheppard. Erano elencati cronologicamente. L'ultimo era stato effettuato circa un mese dopo la morte di Sheppard. Da allora, i file del suo cloud non erano stati sottoposti a backup, probabilmente perché il sistema non aveva rilevato alcuna attività.

Nick aprì l'ultimo file di backup, quello creato dopo la morte di Sheppard, ma non c'era nessuna cartella con il nome *I miei ragazzi*. Questo significava che qualcuno l'aveva cancellato un mese dopo l'assassinio del leader del programma Stargate.

Ricordando fin troppo bene la data di morte di Sheppard, Nick cliccò sul file con la data di due giorni prima della sua uccisione.

«Merda, Fox!» La voce di Yankee giunse attraverso l'auricolare. «Sta arrivando qualcuno. Devi andartene di corsa da lì».

«Mi serve solo un minuto», disse, mentre già esaminava il contenuto del file di backup. «Ecco! Trovato!» La cartella denominata *I miei ragazzi* era proprio lì. Nick ci cliccò sopra e apparve un lungo elenco di singoli file, tutti con le sole iniziali.

Nick tirò fuori dalla tasca una chiavetta e la inserì nella porta USB del computer. Immediatamente, sullo schermo apparve un avviso: *Copia disabilitata*. Se lo aspettava, ma grazie agli anni trascorsi nel dipartimento di sicurezza dei dati della CIA, conosceva un modo per aggirarlo. Digitò il comando appropriato e pochi secondi dopo riuscì a copiare l'intera cartella. Apparve una finestra che indicava il numero di megabyte che stava copiando e il tempo rimanente.

«Dannazione, Fox! Porta subito il tuo culo fuori di lì!»

«Ci siamo quasi, ancora venti secondi!».

Tamburellando con le dita sulla scrivania, guardò l'ora sulla finestra diminuire. «Dieci secondi».

«Ora, Fox, ora!»

La finestra si chiuse, indicando che il processo di copia era stato completato. Nick estrasse la chiavetta dalla porta USB e chiuse il computer.

Si diresse verso la porta.

«Cazzo!» Imprecò e si girò di nuovo. «Le credenziali di accesso».

«Lasciale lì!» Ordinò Yankee.

«Non posso!» Tornò di corsa al computer, prese il pezzo di carta dalla scrivania e corse verso la porta. La aprì con facilità.

«Gira a destra! Nell'ufficio accanto a te».

Nick seguì il comando di Yankee senza esitare e si tuffò nella stanza accanto a quella da cui era appena uscito. Appena in tempo, a quanto pare. Dei passi risuonarono davanti alla porta. Poi la porta dell'altra stanza fu aperta e chiusa.

«Ora, fuori!» Ordinò Yankee.

Sospirando pesantemente, Nick uscì dalla stanza e tornò indietro per la stessa strada da cui era venuto. Davanti alla porta si fermò per un breve momento, poi la aprì e uscì dall'area riservata.

Mentre camminava nel labirinto di corridoi, tornando verso l'ingresso principale, diede un'occhiata a uno degli orologi sulla parete. Era giunto il momento di andarsene. La sua ora era quasi finita. A breve, un amministratore di sistema attento si sarebbe accorto che l'ID che Nick stava usando apparteneva a un uomo morto. Ma prima che ciò accadesse, Nick doveva tornare al computer che Yankee stava usando per tenerlo d'occhio e sostituire la sua foto sull'ID di Sheppard con quella originale di Sheppard.

Aumentò la velocità, ma non corse. Avrebbe solo attirato i sospetti su di lui. Alla svolta successiva, raggiunse l'ingresso. Davanti a lui c'era il sigillo sovradimensionato della CIA e oltre c'erano i tornelli. Nick lasciò vagare lo sguardo. La guardia di sicurezza che lo aveva assistito prima era sparita, probabilmente in pausa. Qualcun altro aveva preso il suo posto. Bene. Significava che il tizio non si sarebbe insospettito vedendolo andar via di nuovo così velocemente.

Cercando di apparire il più rilassato e calmo possibile date le circostanze, Nick superò i tornelli e attraversò le porte di vetro per uscire all'aria aperta. Non si guardò indietro e continuò con lo stesso ritmo fino a raggiungere la Toyota.

«Sono fuori».

«Bene. Arrivo subito».

Nick sbloccò l'auto ed entrò. Quando il motore si accese, si sentì già un po' meglio, ma solo una volta varcato il cancello, lasciando il campus della CIA, il suo cuore tornò a battere normalmente.

La Buick con Yankee lo aspettava in una strada secondaria a circa tre chilometri dal cancello di sicurezza della CIA.

Nick accostò, spense il motore e tirò fuori una speciale salvietta antisettica, aprì la confezione e procedette a pulire il volante, la leva del cambio e qualsiasi altra cosa avesse toccato. In questo modo non solo si sarebbe assicurato di non lasciare impronte digitali, ma si sarebbe anche sbarazzato di qualsiasi forma di DNA. Terminò pulendo la maniglia esterna della portiera, prima di infilarsi in tasca la salvietta usata e la confezione e salire sulla Buick che lo aspettava.

Yankee si fermò lungo la strada nel momento in cui Nick fu dentro l'auto. «Ce l'hai?»

Nick si tastò la tasca della giacca. «Ce l'ho». Poi guardò l'orologio. «Dai gas, Yankee. Michelle ci sta aspettando».

Nick prese il suo computer sul sedile posteriore, con la sim dati già collegata, e non perse tempo a cancellare ogni traccia della sua immagine sul vecchio tesserino d'accesso della CIA di Sheppard.

Ci misero meno di dieci minuti, percorrendo la George Washington Memorial Parkway per raggiungere la stazione della metropolitana di Arlington.

Nick cercò il furgone. «La vedi?»

«Niente», disse Yankee.

«Merda!» Nick imprecò e guardò di nuovo l'orologio. Poi la sua nuca cominciò a pizzicare in modo fastidioso. «C'è qualcosa che non va. Merda, è successo qualcosa a Michelle».

23

Michelle imprecò. Voleva piazzare solo un'altra telecamera, ma si era ricordata troppo tardi che la corsia nord della George Washington Memorial Parkway non aveva un'uscita su Columbia Island. Così era dovuta tornare indietro dopo aver installato una telecamera proprio all'uscita dell'autostrada, dove la marina per gli yacht della Pentagon Lagoon sfociava nel fiume Potomac. Il ponte era un punto strategico da cui si poteva osservare qualsiasi imbarcazione che lasciava la laguna.

Purtroppo, la deviazione le era costata

minuti preziosi. Minuti che, a quanto pareva, non aveva. Perché non era l'unica persona mattiniera.

«Beh, guarda un po' chi non vedeva l'ora di incontrarsi», disse lo sconosciuto, con voce minacciosa, mentre le stringeva il gomito.

Capì subito che non si trattava di Smith. La sua voce era diversa e lui le lasciò vedere il suo volto. Smith aveva sempre fatto in modo che lei non lo vedesse nemmeno di sfuggita, in modo da non poterlo identificare.

Una cosa fu subito chiara: quell'uomo era stato mandato da Smith per sbarazzarsi di lei.

«Andiamo in un posto più riservato», suggerì lui, infilandole qualcosa di duro, nascosto sotto la giacca che si era posato sull'avambraccio, nel fianco.

Non aveva bisogno di vedere l'oggetto per capire che si trattava di una pistola. Capì anche subito perché lui avesse voluto allontanarsi dal sentiero che portava al punto in cui aveva parcheggiato il furgone. Un gruppo di bambini dai tre ai cinque anni stava giocando nel prato aperto a pochi metri di distanza, sotto la supervisione di tre giovani insegnanti di scuola materna. Non poteva ucciderla qui, altrimenti avrebbe avuto tra le mani diversi testimoni e un gruppo di bambini in preda al panico.

Così come Michelle sapeva di non poter chiedere aiuto ai tre insegnanti. Avrebbe solo messo in pericolo i bambini. Per quanto ne sapeva, l'uomo che le stava puntando una pistola alle costole non si sarebbe fatto scrupoli a uccidere bambini innocenti per salvarsi il culo.

Era da sola.

«Muoviti!» Le ordinò a denti stretti.

Lei gli lanciò un'occhiata con la coda dell'occhio. Aveva un aspetto così normale. Non sembrava un cattivo, ma più che altro un noioso contabile che si recava al lavoro. Ecco perché non l'aveva nemmeno notato, anche se chiaramente lui l'aveva vista.

Michelle non aveva altra scelta se non mettere un piede davanti all'altro. Ma doveva in qualche modo guadagnare tempo. «Ti ha mandato Smith? Cosa vuole?»

L'uomo fece una piccola risatina. «Cosa

ne pensi?» Per far capire il suo punto di vista, premette più forte la canna della pistola sul fianco della ragazza.

«Perché? Ho fatto tutto quello che voleva».

L'assassino la spinse in direzione di una toilette pubblica, parzialmente circondata da cespugli e alberi.

«A quanto pare il tuo datore di lavoro non è rimasto soddisfatto delle tue prestazioni lavorative».

«Posso migliorare», lei si affrettò a dire, rendendosi conto che una volta raggiunti i bagni non c'era nulla che gli impedisse di ucciderla fuori dalla vista di eventuali testimoni.

«Credo che il tuo periodo di prova sia terminato. E indovina un po'?» Si avvicinò. «Non hai superato la selezione».

Il cuore le batteva freneticamente e i palmi delle mani erano sudati. «Qualsiasi cifra ti paghi, posso pagarti di più».

La sua risposta fu uno sbuffo. Non le credeva. Beh, non avrebbe creduto nemmeno a sé stessa.

Michelle guardò l'edificio di mattoni a un piano che ospitava i bagni e vide un uomo uscire da un lato. Si diresse verso di loro.

L'assassino si stampò un sorriso in faccia e disse, a beneficio dell'uomo che li stava oltrepassando: «Tesoro, il tuo stomaco andrà meglio in un attimo, te lo prometto».

Il tono fintamente dolce della sua voce le fece venire voglia di vomitare e di rendere vera la sua bugia sui suoi problemi di stomaco.

Nel momento in cui l'altro uomo fu fuori dalla portata d'orecchie, il suo assalitore le fece fretta. «Muoviamoci».

Lei finse di inciampare nei suoi stessi piedi, emettendo un rantolo. Lui le afferrò il gomito ancora più forte, la pistola scivolò per un attimo, ma poi la tirò di nuovo su. Tuttavia, la distrazione aveva funzionato: era riuscita a tirare fuori dalla tasca il cellulare che Yankee le aveva dato, a premere quello che sperava fosse il tasto di richiamata e a farlo cadere nell'erba. Yankee aveva programmato il suo numero e lo avevano provato, prima che lei partisse con il furgone. Ora poteva solo sperare che lui ricevesse il messaggio che lei era nei guai. Era un azzardo, ma cos'altro poteva fare?

«Fermati, ti prego», implorò ad alta voce, pregando che la chiamata fosse già stata connessa e che avrebbe captato la sua voce da questa distanza. «La mia caviglia. Credo di essermela slogata. Ti prego, non portarmi in quei bagni pubblici. Ti prego, non uccidermi».

«Stai zitta, puttana!» Ringhiò lui, guardandosi intorno. Sembrava soddisfatto che nessuno fosse abbastanza vicino da averla sentita o vista lottare.

Il suo sguardo passò oltre la struttura davanti a loro, dove barche a vela e a motore erano attraccate al piccolo porticciolo. Ma anche lì era tutto tranquillo.

A ogni passo che li avvicinava ai bagni pubblici, la speranza che la cavalleria arrivasse in tempo si affievoliva sempre di più. Una mano si strinse intorno al suo cuore e lo strinse sempre più forte con il passare dei secondi. Presto sarebbe finito tutto. Non era così che aveva immaginato la sua fine: uccisa in un bagno pubblico, il suo corpo sul pavimento di cemento macchiato di urina. Un brivido freddo le percorse la schiena e le mani le tremarono.

Le lacrime le salirono agli occhi e non cercò nemmeno di cacciarle indietro. Nessuno le avrebbe viste, nessuno, tranne il suo assassino.

«Per favore», mormorò lei, ma lui aveva già aperto la porta del bagno delle donne e ce l'aveva spinta dentro.

Un'unica luce al neon tremolava sul soffitto. A parte il rubinetto che gocciolava, era tutto silenzioso. C'erano tre stalli, con le porte aperte. L'odore di deiezioni umane la colpì immediatamente, facendole storcere il naso in modo fastidioso. Un pensiero morboso le venne in mente: almeno non avrebbe dovuto sopportare quel fetore a lungo.

Per la prima volta da quando l'assassino l'aveva catturata, le lasciò il gomito e la spinse via da lui, verso uno degli stalli. Lei si girò di scatto, desiderosa di guardarlo. Come se vedere la pistola potesse aiutarla a fermarlo.

Con una serenità che solo un killer professionista poteva mostrare, estrasse un silenziatore dalla tasca della giacca, che appoggiò sul cestino dei rifiuti, poi avvitò lentamente il silenziatore sulla canna della sua pistola.

«Non farà male», promise.

«Ti prego, lasciami andare. Ti prometto che oggi sparirò. Nessuno deve scoprire che non mi hai ucciso. Lascerò il Paese».

L'assassino scosse la testa. «Mi dispiace, signora, ma io compio sempre il mio dovere».

Istintivamente, si ritrasse e si addentrò nello stallo fino a quando le sue gambe non si appoggiarono alla tazza del water.

Il rumore della pistola che veniva armata riecheggiò sulle pareti. Il suono le rimbombò nelle orecchie e le fece fermare il cuore. Era così, allora. La fine.

Un altro suono, quello dei cardini della porta che scricchiolarono, arrivò alle sue orecchie una frazione di secondo dopo.

La sua testa si voltò in direzione della

porta che si apriva. Oh, no, un'altra donna innocente sarebbe morta perché stava per assistere a un omicidio.

«No! Corri!» Michelle urlò alla persona che non riuscì nemmeno a vedere, perché l'assassino le impediva di vedere la porta.

Si girò, dandole le spalle, con la mano armata tesa.

Lo sparo riecheggiò più forte di quanto si aspettasse. Aveva sempre pensato che un silenziatore avrebbe attutito il suono dello sparo, riducendolo a un sordo rimbombo. Ma questo era diverso, più forte, assordante.

Paralizzata, fissò la schiena dell'assassino, aspettandosi che si voltasse verso di lei e la finisse. Invece, le sue ginocchia cedettero e lui si accasciò sul pavimento sporco. Il suo sguardo volò verso la porta. Nick era lì, con una pistola in mano.

«Stai bene?» Le chiese, correndo verso di lei.

Lei annuì, ma non riuscì a dire una sola parola.

Nick scansò il cadavere e la raggiunse, tirandola fuori dallo stallo. «Dobbiamo andarcene. Adesso. Prima che qualcuno ci veda».

Lei annuì intorpidita e si aggrappò alla sua mano, mentre lui la trascinava fuori dal bagno e dall'altro lato, lontano dall'ingresso.

Il furgone, con il motore acceso, li stava aspettando. Per un attimo si chiese come fosse possibile, visto che sentiva ancora la chiave in tasca. Ma probabilmente Yankee ne aveva una seconda con sé.

«Salta su, presto!» Le disse Nick, aiutandola a salire sul furgone e salendo dietro di lei, prima di sbattere la portiera.

Il furgone era già in movimento, facendola inciampare prima di riuscire a sedersi sulla panchina.

«Portaci via di qui, Yankee!» Nick si sedette sulla panchina accanto a lei e la prese fra le braccia.

Il suo respiro irregolare e il suo petto ansante rispecchiavano il suo.

«Pensavo che sarei arrivato troppo tardi».

Michelle seppellì la testa nel suo petto, non riuscendo ancora a capire come fosse riuscita a sfuggire a una morte certa. «Sei venuto. L'hai ucciso prima che potesse uccidere me».

«È un peccato che sia morto. Mi sarebbe piaciuto interrogarlo su questo personaggio di Smith. Credo che abbiamo sprecato la nostra occasione», aggiunse Yankee.

«Sì, beh, non avevo scelta», rispose Nick.

Le mise una mano sotto il mento e le sollevò il viso. Un attimo dopo la sua bocca era sulla sua, e la baciò con una disperazione che non aveva mai provato prima. Quando la lasciò, pochi istanti dopo, le passò una mano sui capelli.

«Mi hai spaventato a morte, Michelle».

«Non sapevo che avrebbe mandato un sicario. E non potevo sapere che sarebbe arrivato con un'ora di anticipo». Poi guardò Yankee, che stava guidando velocemente. «Dove stiamo andando?»

Nick rispose al suo posto. «In un rifugio sicuro».

Sollevata, Michelle espirò. «Cosa è successo a Langley? Hai trovato il dossier?».

Nick sorrise e si accarezzò la tasca della giacca. «Ce l'abbiamo fatta, piccola».

24

Dopo essere arrivati al rifugio, avevano dato un'occhiata sommaria ai file che Nick aveva copiato. Si rivelò un vero e proprio tesoro di informazioni. I file identificavano più di trenta agenti Stargate ed esaminarli per trovare informazioni utili avrebbe richiesto ore, se non giorni. Decisero che Nick avrebbe raccolto le informazioni che avrebbero permesso loro di trovare gli altri agenti Stargate, per poi contattare Yankee quando sarebbe stato il momento di agire.

Diverse ore dopo aver salvato Michelle dal sicario, Nick chiuse la porta del suo appartamento con il tacco dello stivale e puntò gli occhi su Michelle che era entrata prima di lui.

Lei si diresse verso il divano, mostrando il suo dolce sedere a beneficio dei suoi occhi, rendendogli difficile concentrarsi su ciò che doveva togliersi dallo stomaco. Quando si girò e si lasciò affondare nei cuscini, appoggiando la testa contro lo schienale e facendo un gran respiro, Nick si diresse verso di lei.

Il suo cuore batteva ancora all'impazzata, al ricordo di ciò che era successo quella mattina. C'era mancato poco. Troppo poco. E gli aveva fatto capire una cosa: che non voleva perdere Michelle. Ecco perché era così difficile fare ciò che le aveva promesso. Aiutarla a scappare. Ma una promessa è una promessa. Lei aveva mantenuto la sua parte dell'accordo e lui doveva mantenere la sua.

Lei gli sorrise, chiaramente ignara del tumulto che imperversava dentro di lui. E come poteva saperlo? Non le aveva detto nemmeno una volta quello che aveva iniziato a provare.

«C'è qualcosa che non va?» Mormorò, raggiungendolo.

Nick rimase in piedi di fronte a lei, cercando le parole giuste. «Non credo di essere in grado di mantenere la mia parte dell'accordo per farti uscire dal paese».

Lei si spostò sul divano. «Ma avevi promesso di darmi una nuova identità».

«L'ho fatto. Ma non posso aiutarti a sparire». Scosse la testa. «Non nel modo in cui speravi, comunque. Smith ti ha messo nel suo mirino. E, sapendo quello che so ora, cioè che uno dei nostri è diventato cattivo e lavora per i nostri nemici, devo presumere che Echo non sia stato l'unico. Smith potrebbe avere altri agenti Stargate dalla sua parte».

«Ma cosa c'entra questo con il fatto che mi hai dato una nuova identità?».

«Tutto. Uno qualsiasi gli agenti Stargate che sono diventati cattivi potrebbe avere una premonizione su di te, su dove sei e su cosa stai facendo. Se ti mando in Sud America da sola, sarai senza protezione, se uno di loro ti cerca».

«Ma le probabilità che ciò accada...»

«Sono reali», la interruppe. E questo gli fece ribollire il sangue.

«Ma se resto qui come me stessa, mi prenderà ugualmente».

«Se rimani qui, potrò vegliare su di te. Sarò in grado di proteggerti».

Per stare vicino a te, avrebbe voluto aggiungere, ma non lo fece.

Riuscì a vedere come gli ingranaggi del cervello di Michelle girassero febbrilmente. Esitante, disse: «Avrai una nuova identità, ma resterai vicina... vicina a me».

Lei sollevò ciglia, quasi fino alle sopracciglia. Gli occhi blu lo fissavano con un'intensità che lo fece quasi cadere.

Lentamente, le sue labbra si schiusero, incurvandosi in un sorriso incerto. «Quindi si tratta di questo».

«Di cosa si tratta?»

«Vuoi davvero uscire con me. Vuoi essere il mio ragazzo».

«È solo per poterti tenere d'occhio», disse Nick, velocemente.

Merda, non era bravo a parlare di queste cose. Avrebbe preferito discutere di un codice software con Michelle piuttosto che confessare quello che provava. Oltretutto, senza contare che magari lei non provava le stesse cose? Dopo tutto, lo conosceva appena, le aveva mentito per metà del tempo in cui si erano conosciuti e l'aveva messa in pericolo di vita. Non proprio un buon punto di partenza per candidarsi come amante e fidanzato. Come avrebbe potuto superare questo tipo di handicap?

Lei si alzò dal divano. «Cosa vuoi tenere d'occhio, esattamente?» Inaspettatamente si sfilò la maglietta nera sopra la testa e la gettò sul divano, lanciandogli un'occhiata maliziosa. «Le mie tette?»

Nick rimase senza fiato, mentre fissava il reggiseno nero. Si sarebbe spogliata davanti a lui?

Si tolse le scarpe, poi aprì il bottone dei jeans e tirò giù la cerniera. «O sei più interessato al mio sedere e alle mie gambe?»

Prima che lei potesse abbassarsi i jeans, lui le imprigionò le mani, fermandola.

«Non si tratta di sesso, Michelle».

Lei sollevò il mento. «Allora di cosa si

tratta, Nick? Cos'è, che vuoi? Perché se non me lo dici, non saprò mai cosa vuoi davvero».

«Me lo farai dire, vero?»

Annuì lentamente. «Non me lo merito?»

Deglutì. «Oh, te lo meriti, e molto. È solo che non sono il tipo di persona abituata a parlare di... beh, di quello che prova».

«E io che pensavo che fossi un gran chiacchierone, che flirtavi con me per farmi venire a letto con te».

«Ora è diverso».

Lei si avvicinò di un passo. «Sì? Cosa c'è di diverso?»

«Dopo quello che è successo oggi, dopo averti quasi persa...» Si passò una mano tra i capelli. «...non credo che riuscirei a sopportare se ti succedesse qualcosa...» Sospirò. «Dannazione, Michelle, forse potresti aiutarmi un po'».

«Come?»

«Dicendomi che sono importante per te?»

Sulle sue labbra si formò un sorriso tenero che si estendeva fino agli occhi. La sua mano si avvicinò e gli accarezzò la guancia. «Oh, Nick, il ragazzo timido dell'Indiana. È ancora lì dentro, vero? E ha paura di dire quello che prova, perché teme di essere rifiutato, proprio come i suoi genitori hanno rifiutato lui». Scosse la testa.

Come poteva sapere cosa lo tratteneva? «Come fai a...?»

«Me l'hai detto tu stesso, Nick. Mi hai detto che i tuoi genitori non volevano vederti dopo il divorzio. Non c'è bisogno di essere uno psicologo per immaginare cosa avrebbe fatto a quel ragazzo, una cosa del genere». Gli passò un dito sul labbro inferiore. «Ora riprova. Dammi un motivo per restare».

Nick fece un respiro profondo. «Sono innamorato di te. So che sta succedendo troppo in fretta, ma se credi nell'amore a prima vista, allora devi credere a questo. Credi che mi sono innamorato di te e che farò tutto ciò che è in mio potere per proteggerti».

Le sue dita gli accarezzarono delicatamente la guancia. «Era così difficile?» Sfiorò le labbra di lui. «Quindi questo significa che posso venire a vivere con te?»

Tirò la testa all'indietro, sorridendo, con la fiducia in sé stesso ai massimi livelli. «Credo che tu stia dimenticando qualcosa».

Lei lo guardò con aria interrogativa. «Cosa?»

«Che devi darmi un motivo per farti trasferire».

Lei ridacchiò e il suo respiro gli solleticò le labbra. «E se ti dicessi che, nonostante tu mi abbia mentito in ogni occasione, sei riuscito a entrare nel mio cuore?» Fece una pausa, per un momento. «E poi c'è il fatto che mi hai salvato la vita, non una, ma due volte. Credo che questo debba essere ricompensato».

«Ricompensato come?» Lui le passò un braccio intorno alla vita e la tirò contro di sé.

«Puoi scegliere la tua ricompensa».

Nick sorrise da un orecchio all'altro. «Beh, in questo caso...» La sollevò tra le braccia e la portò in camera da letto.

«Sei molto prevedibile», disse lei, con una risata sommessa sulle labbra.

«Sì, beh, la cosa non mi preoccupa molto, in questo momento». La mise sul letto e si liberò della giacca del vestito. «Spogliati, piccola, perché sono pronto per la mia ricompensa».

Qualche istante dopo, raggiunse Michelle a letto, adesso erano entrambi nudi.

Si rotolò verso di lei, appoggiandosi sopra di lei. «Per quanto riguarda la tua domanda su cosa terrò d'occhio di più... sarebbe questa parte qui». Le diede un colpetto sulla tempia. «Per assicurarmi che non ti venga un'altra idea brillante che ti metta in pericolo».

«Non ho...»

Annegò la sua protesta con un bacio. Come un gattino, lei si abbandonò immediatamente a lui. Lui si tirò indietro per un secondo. «Ora, per quanto riguarda la ricompensa...» Si staccò da lei e la tirò su di sé. «Non credo che tu mi abbia ancora cavalcato».

Lei si spinse in alto, facendo scivolare le gambe ai lati dei fianchi di lui. «Sei davvero sicuro di voler cedere il controllo a me?» I suoi occhi scintillavano e il suo sorriso era peccaminoso.

Nick si sentì diventare più duro. «Michelle, quando si tratta di te, non ho mai avuto alcun controllo, tanto per cominciare. Quindi perché iniziare ora?» Dondolò i fianchi verso l'alto, toccandola con il suo cazzo. «Non senti cosa mi stai facendo? Questo timido ragazzo dell'Indiana è alla tua mercé».

Lei scosse la testa, ridendo, e si chinò verso il comodino per prendere uno dei preservativi presenti. «Allora mettiamo fine alle sofferenze di questo timido ragazzo». Con mani esperte lo inguainò, poi si mise in ginocchio e si sistemò sopra di lui.

Le mise le mani sui fianchi. «Sì, facciamolo», acconsentì e spinse il suo cazzo verso l'alto, tirandola allo stesso tempo verso il basso.

Un rantolo sorpreso le uscì fuori.

Nick premette la testa contro i cuscini, lottando contro il piacere intenso che lo aveva quasi mandato in tilt. Cazzo! Non era mai stato così sensibile.

«Pensavo che mi avessi dato il controllo», disse lei.

Lui le rivolse un sorriso. «Ma sei tu *che*

hai il controllo, Michelle, perché sei tu che guidi il mio corpo. Sei tu che mi fai spingere dentro di te». Per sottolineare le sue parole, le sollevò di nuovo i fianchi e poi li tirò giù su di sé, impalandola ancora una volta sulla sua asta.

Michelle gli afferrò i polsi e li staccò dai suoi fianchi, poi si chinò in avanti e glieli bloccò ai lati della testa. I suoi seni gli sfiorarono il petto, provocando un brivido nel suo corpo.

«Non credo che tu abbia afferrato il concetto di dare il controllo a qualcun altro. Ora fai il bravo e lascia che ti insegni».

«Non vedo l'ora che inizi la lezione».

Nel momento in cui Michelle iniziò a ruotare i fianchi, strusciando il suo sesso contro di lui, muovendosi su e giù su di lui, capì che si sarebbe goduto appieno questa lezione. Lei gli liberò i polsi e lui non perse tempo a portare le mani sui suoi seni. Li accarezzò e palpò la carne calda, giocando con i suoi capezzoli rosei, trasformandoli in picchi duri.

Come una dea, lo cavalcava, i suoi

movimenti erano fluidi, il suo ritmo era regolare e aumentava sempre di più. Il suo busto iniziò a luccicare, perle di sudore bagnarono sua pelle e un rivolo di sudore scese presto tra i suoi seni.

Godette nel vedere il suo corpo, assaporando la sua bellezza e godendo delle sensazioni che lei gli trasmetteva. Il suo sesso era umido e caldo, i suoi muscoli si stringevano intorno alla sua erezione. I suoi capelli biondo scuro le sfioravano le spalle a ogni movimento e i suoi seni rimbalzavano su e giù, offrendogli uno spettacolo allettante.

Incapace di resistere, la tirò verso di sé, abbastanza vicino da poter prendere in bocca un capezzolo e succhiare il delizioso bocciolo. Lei gemette forte e lui si spostò sull'altro seno, infliggendole lo stesso trattamento, mentre stringeva entrambi i seni, impastandoli.

Più in basso, i suoi fianchi si muovevano con più urgenza, ora, spingendo verso l'alto rispecchiando ogni movimento verso il basso di Michelle, sbattendo il suo cazzo più forte dentro di lei, alla ricerca di un maggiore attrito.

I muscoli di lei si strinsero intorno a lui, provocando un'onda d'urto nel suo corpo. Espulse una boccata d'aria e con essa il suo orgasmo si scatenò inaspettatamente su di lui.

«Cazzo!» Imprecò, incapace di trattenersi. Guardò il viso di Michelle e vide come aveva gettato la testa all'indietro, con gli occhi chiusi, e gemeva.

Poi sentì i muscoli di lei contrarsi intorno a lui e il sollievo lo invase, sapendo che stava raggiungendo l'orgasmo con lui.

Le tirò la testa verso il basso e le sue labbra trovarono le sue in un bacio che la divorò. Non poteva smettere di farlo. Non riusciva a smettere di esplorare la sua bocca e di mostrarle ciò che significava per lui, sapendo che le parole non sarebbero mai state sufficienti per esprimere come Michelle lo faceva sentire.

Intero.

25

Nick appese l'asciugamano all'attaccapanni del bagno e si infilò i pantaloncini, lanciando un'occhiata a Michelle che usciva dalla doccia, con l'acqua che le imperlava la pelle perfetta.

«Accidenti, sei proprio invitante», disse lui, lasciando che il suo sguardo vagasse sulle sue curve.

«Non ne hai avuto abbastanza, per oggi?»

Lui sorrise e già si dirigeva verso di lei, con il cazzo di nuovo in tiro. «A quanto pare, mi hai fatto venire un appetito infinito».

Il suono del campanello gli impedì di prendere Michelle tra le braccia. Girò involontariamente la testa.

«Sarà il cinese che ho ordinato», disse Michelle.

Lui inarcò un sopracciglio.

«Considerando le calorie che abbiamo bruciato prima, ho pensato che avessimo bisogno di un po' di cibo».

Lui sorrise. «Hai pensato bene». Le diede un bacio sulla guancia. «Vado giù a prenderlo».

Nick prese una maglietta dal gancio sulla porta del bagno e se la fece scivolare sulla testa, mentre già camminava nel corridoio. Prese il portafoglio e si diresse verso le scale, lasciando la porta del suo appartamento socchiusa. Il citofono del suo appartamento era rotto da mesi, quindi non aveva altra scelta che scendere al primo piano.

«Arrivo!» Chiamò, qualche secondo prima di raggiungere la porta d'ingresso e aprirla.

L'uomo in piedi indossava un cappellino da baseball, teneva la testa bassa e portava una borsa di plastica bianca con diversi cartoni di cibo con simboli cinesi. Era il cibo che Michelle aveva ordinato, d'accordo, ma il ragazzo che lo consegnava non lavorava per il ristorante cinese dietro l'angolo. Non era cinese e nemmeno il tipo di persona che avrebbe accettato un lavoro umile come quello di consegnare il cibo, a meno che non fosse per avere accesso a qualche posto.

Lo sconosciuto sollevò il viso, dando a Nick una visione completa dei suoi lineamenti. Era la conferma di ciò che già sapeva, di ciò che aveva già percepito dalla sensazione di pizzicore che si diffondeva sulla sua pelle.

«Io sono...»

«Un agente dello Stargate, lo so», tagliò corto Nick, lanciando rapide occhiate su e giù per la strada per vedere se erano soli.

«Sono venuto da solo».

«Come mi hai trovato?»

«Il tesserino identificativo di Sheppard. Quando è stato attivato, sono scattati tutti i campanelli d'allarme. Ho ricevuto un avviso.

Ti ho mancato quando hai lasciato Langley, ma ti ho ritrovato».

Le sue pulsazioni aumentarono. «Come? Ho coperto le mie tracce».

«Non preoccuparti, l'unico motivo per cui ho potuto vedere la tua foto sull'ID di Sheppard è che l'allarme è arrivato nel momento in cui l'hai attivato. Quando ho ricevuto il secondo avviso, dopo che gli amministratori del sistema avevano disabilitato l'accesso, la tua foto era già sparita». Ace gli fece l'occhiolino. «Per fortuna ho fatto uno screenshot».

Nick tirò un sospiro di sollievo.

«Spero che tu abbia trovato quello che cercavi, a Langley».

«Tuo padre era un uomo molto intelligente».

Gli occhi dell'altro uomo si allargarono. «Mi riconosci?»

Nick spalancò la porta e gli fece cenno di entrare nell'ingresso. «Tu sei Ace, il figlio adottivo di Sheppard». Gli offrì la mano e Ace la strinse. «Io sono Fox. Ti ho riconosciuto dalla foto nei documenti di tuo padre». Questo era anche il motivo per cui sapeva di potersi fidare di quest'uomo. Il figlio di Sheppard era la persona che gli aveva voluto più bene e non lo avrebbe mai tradito.

«Hai trovato i suoi file?» L'eccitazione brillò negli occhi di Ace.

«Non sono l'unico ad averne una copia, però. Chiunque abbia ucciso tuo padre sapeva dei file. Ha cercato di cancellarli, probabilmente li ha copiati prima per sé. Ma sono riuscito a trovare una copia di backup».

La mascella di Ace si increspò in una linea cupa. «Quindi è così che ha potuto mandare quegli assassini a cercarci. Sa chi siamo».

«Noi?»

«Sono in contatto con un altro membro di Stargate, Zulu».

«Ti fidi di lui?»

«Al cento per cento».

«Bene. Avremo bisogno di lui. Ce n'è un altro che conosco: Yankee. È a Washington. Stiamo lavorando a un piano per riunire lo Stargate».

«È una notizia migliore di quanto mi aspettassi», ammise Ace.

«Possiamo avere un po' di buone notizie, perché per il resto... succederà qualcosa di brutto». Incontrò gli occhi di Ace.

«L'inferno», disse il suo collega agente Stargate, senza esitazione.

«Sì. Dobbiamo scoprire dove e quando dovrebbe accadere in modo da poterlo prevenire», disse Nick.

«Non sarà facile».

Nick sorrise. «Ora abbiamo tutto ciò che ci serve: una lista di agenti con foto e nomi, e quattro agenti Stargate che lavorano insieme per trovarli. E una volta che lo Stargate sarà risorto, troveremo lo stronzo che ha fatto fuori Sheppard e ci ha fatto scappare per salvarci la vita. E finiremo questa storia».

Un lento sorriso si formò sul volto di Ace. «Sono felice di averti trovato».

E per la seconda volta in tre anni, Nick fu contento che qualcuno fosse riuscito a rintracciarlo. Perché avere dalla loro parte un uomo come il figlio di Sheppard, un uomo che probabilmente sapeva più cose sul programma di chiunque altro, era una risorsa di cui non potevano fare a meno.

«Vieni, abbiamo molte cose da discutere».

Informazioni sull'autrice

Tina Folsom è nata in Germania e vive in paesi anglofoni dal 1991. È un'autrice bestseller del *New York Times* e di *USA Today*. La sua serie bestseller, *Vampiri Scanguards*, ha venduto oltre 2 milioni di copie in tutto il mondo. Tina ha scritto oltre 50 libri, pubblicati in inglese, tedesco, francese, italiano e spagnolo. Tina scrive di vampiri (serie *Vampiri Scanguards* e *Vampiri di Venezia*), divinità greche (serie *Fuori dall'Olimpo*), immortali e demoni (serie *Guardiani Furtivi*), agenti della CIA (serie *Nome in Codice Stargate*), viaggiatori nel tempo (serie *Time Quest*) e scapoli (serie *Il Club di Scapoli*).

Tina è sempre stata un'amante dei viaggi. Ha vissuto a Monaco (Germania), Losanna (Svizzera), Londra (Inghilterra), New York City,

Los Angeles, San Francisco e Sacramento. Oggigiorno, ha fatto di una città balneare della California meridionale la sua casa permanente, assieme al marito e al loro cane.

Per saperne di più su Tina Folsom:
Visita il suo sito web: https://tinawritesromance.com/edizioni-italiane/
Iscriviti alla sua newsletter: https://tinawritesromance.com/newsletters/
Seguila su Instagram: https://www.instagram.com/authortinafolsom/
Iscriviti al suo canale YouTube: https://www.youtube.com/c/TinaFolsomAuthor
Seguila su Facebook: https://www.facebook.com/TinaFolsomFans/